JEDREK Y LA PRINCESA PIRATA

DAVID LITTLEWOOD

Traducido por
AINHOA MUÑOZ

Dedicado a la memoria de mis padres

CAPÍTULO 1
EL HALLAZGO

Hace mucho tiempo, en la lejana tierra de Calvania vivían un herrero y su esposa. Estos eran gente trabajadora y, a pesar de ser pobres, estaban felices juntos debido al amor que se tenían el uno al otro. Habían sido novios desde que eran niños, desde que tenían uso de razón, de modo que parecía lo más natural del mundo que se casaran tan pronto como tuviesen la edad suficiente para ello.

El herrero, cuyo nombre era Rhydon, se hizo famoso en la región por su habilidad para trabajar con el metal. La gente acudía a su herrería no solo para herrar a sus caballos, sino también para afilar sus cuchillos y arados. Tan solo de vez en cuando alguno de los aldeanos pedía que le hicieran un nuevo cuchillo o arado; entonces Rhydon podía mostrar su verdadero talento y fabricar una maravillosa pieza de hierro.

Después, rara vez, alguno de los nobles que vivían en el castillo que vigilaba la aldea traía alguna pieza para que Rhydon la arreglase. Estos tenían sus propios herreros, pero ninguno de ellos trabajaba el metal como Rhydon. El problema era que los nobles a menudo se olvidaban de pagarle por las labores que hacía para ellos (estaban demasiado ocupados cazando y disparando para preocuparse por esas cosas), de modo que el herrero tenía que trabajar el doble para compensar esto. La hermosa mujer que trabajaba junto a Rhydon se llamaba Clarissa. Todo el mundo decía que ella tenía la sonrisa más maravillosa, la cual podía hacer que una habitación entera se iluminase. Sin embargo, también era cierto que Clarissa guardaba un dolor secreto cerca del corazón, uno que repentinamente provocaría que se le ensombreciera el rostro: no tenía hijos. Sí, años después de haberse casado, su esposo y ella no concibieron ningún hijo.

Cuando Clarissa y Rhydon estaban solos, ella solía llorar sobre el hombro de su marido mientras él trataba de consolarla.

-Vamos, querida, ¿no somos lo bastante felices juntos, solo nosotros dos?-decía.

Clarissa reconocía ser muy feliz y tener el mejor marido del mundo, pero eso no evitó que derramase lágrimas al pensar en el espacio vacío de su casa en el que los niños deberían haber estado jugando. Noche tras noche, ella rezaba al Espíritu Eterno: "Oh, Espíritu Eterno, concede mi deseo y dame un hijo", suplicaba.

Pero un día en concreto las cosas iban a cambiar. Es cierto que aquella jornada había comenzado de forma bastante normal, con Clarissa barriendo la herrería como de costumbre. Era primavera y los rayos de sol entraban por la ventana y bailaban sobre las ollas y las cacerolas de peltre que Rhydon había estado fabricando. Ella esperaba encontrar pronto compradores para estos objetos, ya que la comida que habría sobre la mesa la próxima semana dependía de ello.

Sin embargo, mientras Clarissa barría y cantaba para sí misma, se percató de otro sonido más. Esta se detuvo a escucharlo; no era el sonido de los pájaros. No, este era mucho más estridente. Fue hacia la puerta, la abrió y notó que el sonido provenía de detrás de un grupo de arbustos que estaba a unos 20 metros de la herrería. Era un llanto, un llanto como el que le hubiese gustado escuchar en su propia casa: de un niño. De hecho, se parecía mucho al llanto de un bebé. Ardiendo de curiosidad, Clarissa soltó la escoba y se fue hacia el grupo de arbustos. El llanto se volvió más intenso para sus oídos. Esta miró detrás del arbusto y allí, tendido sobre el suelo duro, estaba el cuerpo de un pequeño bebé. Al acercarse, observó que el bebé estaba envuelto en un mantón de lana blanca. Aquello no sería nada raro, si no fuese por que el mantón estaba tan bien hecho que era evidente que había pertenecido a algún miembro de la nobleza antes que a un plebeyo.

-Esto es muy extraño-dijo Clarissa mirando al bebé, quien no parecía mirarla ya que en ese momento estaba más concentrado en llorar lo bastante para hacer estallar sus pulmones-No llores, no llores pequeño- Clarissa tomó al bebé en brazos, con los instintos maternales a flor de piel. Mientras ella lo mecía, el llanto del bebé fue disminuyendo poco a poco hasta que este se quedó tranquilo y miró a Clarissa con sus enormes ojos azules. Ella pronto se dio cuenta de que el bebé era un niño. ¿Pero de quién era? Miró a su alrededor para ver si allí había alguien que pudiese haber dejado al niño, pero no vio a nadie. Evidentemente la persona que hubiese dejado al niño en el suelo se habría escabullido sin que nadie se diera cuenta. ¿Pero por qué dejaría alguien a un bebé en el suelo?

Clarissa miró a su alrededor en busca de pistas, pero todo lo que encontró fue algo envuelto en un trozo de tela áspera cerca de donde estaba el bebé. Se agachó y recogió ese objeto. Fuese lo que fuese, parecía algo duro y bastante pesado, como si estuviese hecho de metal. Es más, parecía haber más de un trozo. Con el bebé acurrucado en sus brazos, ella no tuvo ocasión de examinar aquel objeto, de modo que lo recogió, con cierta dificultad, y se llevó este y también al bebé, que ahora solo gemía en vez de llorar, de vuelta a su casa en la herrería.

CAPÍTULO 2
LA ESPADA

-¿Qué demonios llevas ahí?-fue todo lo que su marido pudo decir cuando Clarissa entró en la herrería con el bebé-¿De quién es ese bebé?

Clarissa le contó cómo había encontrado al bebé unos minutos antes. Su marido parecía desconcertado-Pero la gente no deja a los bebés tirados por ahí, ¿no?-preguntó incrédulo.

-No, claro que no-dijo ella-Pero él estaba allí, en el suelo, cuando lo encontré- dejó el bulto pesado sobre la mesa-Apareció junto a este objeto.

-¿Qué es eso?-dijo Rhydon mientras desenvolvía aquel paquete-¡Es una espada!-exclamó-Hecha pedazos.

Clarissa miró lo que había sobre la mesa. Se trataba de una espada rota en cuatro trozos. Rhydon los juntó y vio que estos brillaban bajo el sol de la mañana que entraba por la ventana.

-Hay algo escrito en la hoja de la espada-dijo Rhydon-¿Qué pone?-él era un simple herrero y nunca aprendió a leer, pero sabía que su esposa llegaba a dominar al menos los conceptos básicos de lectura y escritura.

Todavía con el bebé en brazos, Clarissa leyó las letras grabadas en el metal de la espada- N-E-E-R-W-A-N-A. ¡Neerwana!-exclamó-¿Qué significa eso?

-Ni idea-dijo Rhydon-¿Será algún idioma antiguo? Es todo muy extraño-se rascó la cabeza con su mano desgastada por el trabajo-La espada rota parece haber venido con el bebé. Y también este nombre inscrito en ella. ¿Por qué?

En ese momento ambos se distrajeron de sus pensamientos ya que el susodicho bebé abrió la boca y berreó con fuerza.

-Tiene hambre-dijo Clarissa. Había un poco de leche cerca, de modo que la llevó a los labios del bebé y, tras algunos intentos, para alivio suyo, este comenzó a mamar la leche. Parecía tener unos seis meses de edad, según sus cálculos.

-Así, así, pequeño-dijo-Te cuidaremos si nadie más lo hace.

Rhydon escuchó lo que decía-Seguramente el niño será de alguien. Tendremos que preguntar por su padre y su madre-dijo este.

-Y si no los encontramos nos quedamos con él-dijo Clarissa mirando al bebé, que se alimentaba feliz-Es un regalo del Espíritu Eterno en respuesta a mis súplicas.

CAPÍTULO 3
LAS INSTRUCCIONES

Mientras decía aquello, Clarissa de pronto levantó la vista y allí, en la esquina de la habitación, apareció un anciano. Esta se sobresaltó, preguntándose como había llegado ese señor hasta ahí pasando desapercibido, pero antes de que ella pudiese hablar, él tomó la palabra.

-Te han encomendado cuidar a este niño durante un tiempo. Un día se alejará de ti y conseguirá grandes cosas. Hasta entonces, deberás cumplir con la encomienda que te hizo el Espíritu Eterno.

Clarissa abrió la boca para responder, pero el anciano había desaparecido. Miró a su alrededor y le vio en el otro lado de la habitación. ¿Cómo pudo llegar hasta ahí? Este volvió a hablar.

-Le llamarás Jedrek-dijo.

-¿Jedrek? ¿Por qué?-preguntó Clarissa, totalmente confusa en ese momento. Pero el anciano volvió a desaparecer-¿Qué significa?-murmuró.

-Significa "Fuerte"-dijo una voz detrás de ella. Clarissa se sobresaltó cuando se dio la vuelta y vio al anciano otra vez-Pero lo sabrás todo a su tiempo. ¡Hasta entonces, sé leal a tu cometido!

Clarissa iba a hablar de nuevo pero el anciano se había ido.

-¿Con quién estabas hablando?-preguntó Rhydon, que había salido un momento a buscar madera.

-No te lo vas a creer-dijo su esposa. Le contó lo que acababa de ocurrir con el anciano y lo que este le había dicho.

-¿Estás segura de que no te lo estabas imaginando?-dijo Rhydon, dudoso.

-Sabía que no me creerías-indicó Clarissa enfadada.

-Sí te creo, pero todo esto es muy extraño-dijo Rhydon. Entonces le cambió la cara de repente mientras miraba la pared que había detrás de su esposa-¡Mira ahí!-gritó.

Clarissa se dio la vuelta y ahí estaba aquel

hombre mayor; el mismo que había visto antes. La luz de la ventana caía sobre él, haciéndolo brillar con un resplandor sobrenatural.

-¿Quién eres tú?-preguntó Rhydon.

-Eso no tienes que saberlo por ahora-dijo el anciano-Pero sí debes saber que ese niño os ha sido encomendado por el Espíritu Eterno. ¡Criadlo bien!

-¿Pero por qué a nosotros?-dijo Rhydon, totalmente perplejo-¿Y qué me dices de la espada rota que se encontraba junto a él?

-Eres un herrero-respondió el anciano-El chico aprenderá tu oficio y un día forjará el arma cazadora de dragones.

-¿Forjar la espada? ¡Eso podría hacerlo yo mismo!-se quejó Rhydon.

-La espada mostrará resistencia a todo el mundo, excepto a quien sea el elegido para empuñarla-dijo el anciano con una sonrisa.

-¿Por qué?-preguntó el herrero.

-Por el poder que esta alberga en su interior-contestó el anciano. Este los miró como si pudiese ver a través de ellos-Tenéis buen corazón. ¡Ahora confiad y que os vaya bien!

-Espera un minuto-gritó Rhydon-¿De dónde viene el niño?-pero se encontró hablando con la pared. El anciano había desaparecido.

El herrero se dio la vuelta, perplejo y frustrado-Me he quedado como estaba-le dijo a su esposa, que sonreía al bebé-¿Qué rayos haremos?

-¿Construir una cuna para Jedrek?-sugirió Clarissa.

CAPÍTULO 4
UN CHICO FUERTE

Durante el resto del día el herrero se dedicó a fabricar una cuna para el bebé. Por supuesto, siendo un artesano supo hacerlo muy bien y pronto, una preciosa cuna apareció en la esquina de la habitación. Las mujeres de la aldea estaban encantadas de que Clarissa ahora tuviese un hijo, incluso aunque estuviesen desconcertadas sobre cómo este había aparecido. Pero se alegraron por ella y le llevaron todo tipo de ropa para el bebé, de modo que cuando llegó el día de su ceremonia de nombramiento, el pequeño Jedrek estaba equipado casi como un príncipe.

Como era costumbre, toda la gente de la aldea se reunió para ver a uno de los ancianos del lugar derramar agua sobre la cabeza del bebé y declarar: "En el nombre del Espíritu Eterno yo bautizo a este niño como Jedrek. Que sea grande y prospere en todo".

Y en ese momento todos los aldeanos aplaudieron, aunque ninguno de ellos pudo entender cómo un niño procedente de un hogar pobre podría ser grande y próspero. Pero para Clarissa, las palabras del anciano se hicieron eco en su espíritu, ya que creía que el niño les había sido entregado con una gran misión. Sin embargo, ella no tenía ni idea de cuál era ese cometido; solo tenía su fe en las palabras que el anciano le había dicho.

Pasaron los años y Jedrek, o "Jeddy", como todos le llamaban, se convirtió en un muchacho guapo con el pelo dorado. Según iba creciendo, su padre adoptivo le enseñó el oficio de herrero. El chico aprendió los misterios de la profesión: cómo hacer objetos de hierro o acero forjando el metal y después martillándolo, doblándolo y cortándolo para darle forma. Con la ayuda de su padre, el muchacho pronto pudo hacer todo tipo de objetos: arados para el campo, utensilios para la cocina y armas para los soldados. También había otros aspectos del trabajo, tales como fabricar herraduras y herrar a los caballos, que el muchacho parecía asimilar con poca o ninguna dificultad.

Sin duda será un buen herrero para hacerse cargo de mi negocio cuando yo sea demasiado mayor para ello-pensó Rhydon-Quizá por eso nos enviaron a este muchacho.

En cuanto a la espada rota, Rhydon no pudo evitar la tentación de repararla. Después de todo, este había arreglado muchas espadas rotas trabajando el metal en su herrería. Pero por mucho que lo intentó, las piezas de lo que el anciano se había referido como "el arma cazadora de dragones" se opusieron a todos sus esfuerzos. Esta simplemente se resistía a funcionar como cualquier otro metal y Rhydon se preguntó de qué estaba hecha la espada.

Parece un metal muy extraño-pensó.

Algo que sus padres advirtieron sobre Jedrek fue que, desde una edad temprana, este parecía tener mucha fuerza. Incluso cuando era un niño pequeño había sido capaz de levantar cosas que eran muy pesadas para alguien de su edad. Y cuando Clarissa le pidió que ayudara a traer un poco de leña para la herrería, vino con troncos enormes que eran demasiado grandes para que este pudiese llevarlos.

¿Quién es él?-pensó ella-¿Quiénes eran sus padres?

Debían pedirle que tuviese cuidado al jugar con otros niños. Todos los chicos se divierten con las actividades que impliquen rudeza, pero en ocasiones Jedrek no era consciente de su fuerza y terminaba siendo demasiado bruto.

-Tranquilízate cuando estés con tus amigos-decía su madre-No querrás hacer daño a nadie.

Unos años más tarde, Rhydon le preguntó a su hijo si este le ayudaría a mover el gran yunque que se encontraba junto a la herrería. Pero cuando se dio la vuelta, observó que el yunque ya había sido movido. Rhydon miró a su hijo y después al yunque.

-¿Cómo ha llegado eso hasta ahí?-preguntó.

-Lo moví como me pediste-dijo Jedrek-¿Así está bien?

-Sí, supongo que sí. ¡Bueno!-exclamó Rhydon con la mirada perpleja-¿Cómo lo moviste?

-Solamente lo levanté-dijo el muchacho.

-¿Qué? ¿Tú solo?-exclamó el herrero.

-¿Por qué no?-dijo el chico inocentemente.

-¡Dios mío!-susurró su padre, consciente de que él mismo normalmente necesitaba la ayuda de alguien más para mover el yunque-¿Quién es este muchacho?

-No te olvides de lo que significa su nombre-dijo Clarissa cuando su marido le contó aquello-¡El anciano sin duda acertó con eso!

Por fortuna, a pesar de toda su gran fuerza,

Jedrek normalmente era un chico de muy buen carácter y no utilizaba su poder para intimidar a nadie. De hecho siempre se preocupó por aquellos que eran más pequeños y más débiles que él, algo que demostró un día cuando regresó del castillo.

CAPÍTULO 5
EL RESCATE

Los nobles del lugar daban clases a los muchachos de la aldea para enseñarles a usar la espada, la lanza y otras armas que pudieran necesitar en combate. Pensaban que era mejor entrenar a los muchachos cuando estos eran jóvenes y después, si un enemigo atacaba en el futuro, habría hombres que sabrían combatir. Algo que advirtieron fue que Jedrek pareció tomarse el entrenamiento como pez en el agua. Le gustaba especialmente aprender a usar la espada y esperaba con ansia el día en el que su padre le construyese una para él, algo que Rhydon le prometió después de haber superado todas las pruebas establecidas por los nobles.

Jedrek regresaba de una clase en el castillo

cuando escuchó un grito y una súplica en una curva del camino. Corrió para ver quién estaba en problemas y vio a tres rufianes de pie junto al cuerpo postrado de un hombre. Era evidente que estos le habían tendido una emboscada y estaban golpeando al hombre y amenazádole con cuchillos, por lo que Jedrek rápidamente llegó a la conclusión de que eran ladrones.

Muchos chicos de su edad se habrían dado la vuelta y hubiesen huido de aquel lugar, pero Jedrek no lo hizo.

-¡Dejadle en paz!-gritó mientras corría hacia los tres delincuentes. Estos dejaron de golpear a su víctima y miraron a quien les gritaba. Jedrek pudo apreciar por la mirada cruel que había en sus rostros que estos querían hacer cosas malas, y también que era poco probable que se disuadieran por sus gritos.

Uno de estos hombres habló-¿Quién eres tú, muchacho, para interrumpir nuestros asuntos con este caballero?-dijo con una mirada maliciosa-¡Sal de aquí o será peor para ti!

-Deja que se vaya-dijo el chico-Sois unos ladrones y unos delincuentes. ¡Largaos y dejadle en paz!

-Eres un mocoso impertinente-dijo el hombre, levantándose-¡Te daré una paliza!

Este dio un paso hacia Jedrek, pero de pronto

sintió como si una mula le hubiese pateado en el estómago cuando el pie del muchacho aterrizó en su barriga. Salió volando hacia atrás y cayó desplomado contra un árbol, completamente sin aliento.

-¡Cielos!-exclamó otro de los hombres-¡Oh! ¡Venga!-gritó cuando de pronto encontró su brazo casi desgarrado de su órbita cuando el chico rubio se lo tiró a la espalda. Después, Jedrek empujó al delincuente sobre su otro compañero con tanta fuerza que cayeron uno encima del otro.

-¿Os marcharéis ahora?-dijo Jedrek, mirando a esos hombres que yacían sobre un montón. Pero los ladrones no se irían tan fácilmente.

-¡Te mataremos, chico!-gruñó uno de ellos sacando un cuchillo. Este asintió con la cabeza a su compañero-¡Acabemos con él!

Jedrek se retiró cuando los hombres iban hacia él, pero se dio cuenta de que había una gran rama de árbol en el suelo, la cual había sido arrancada por una tormenta. Parecía ser necesario para levantarla, al menos, un hombre adulto, pero Jedrek la agarró con facilidad y la lanzó hacia los dos hombres con una fuerza enorme, derribándolos a ambos. Estos le miraron aturdidos y aterrorizados, asombrados por la fuerza del muchacho que acababa de tirarles de un solo golpe.

Jedrek les contempló con una mirada feroz en sus ojos-¿Os marcharéis ahora?-señaló al tercer hombre, que aún se encontraba tendido y sin aliento-¡Llevaos a vuestro podrido amigo y largaos de aquí! ¡No queremos esta clase de escoria en este lugar!

Los hombres se levantaron mareados, recogieron a su compañero y se alejaron tambaleándose lo más rápido que pudieron, abandonando sus cuchillos donde los habían arrojado. Jedrek los agarró y se los colocó en el cinturón. Pensó que podría reconstruirlos en la herrería. Miró al hombre herido, que en ese momento estaba sentado mirándole.

-¡Me has salvado la vida, hijo!-exclamó-¿Pero cómo te las arreglaste para luchar contra todos esos hombres malos?

Jedrek se encogió de hombros-La verdad, no lo sé-dijo-Me enfadé un poco cuando vi lo que te estaban haciendo y fui a por ellos.

-¡Pero eres muy fuerte!-dijo el hombre-¿De dónde sacas esa fuerza?

-Ni idea-respondió el muchacho-Pero puedo ver que estás herido y que necesitas que te traten esas heridas. Déjame llevarte a la aldea.

Este ayudó al hombre a ponerse de pie, y

apoyándose en el hombro de Jedrek, el viajero pudo llegar cojeando hasta la aldea. Cuando llegaron a la herrería Clarissa se quedó asombrada por la historia que le contó Jedrek. De hecho, esta podría no haberle creído si el forastero no hubiese confirmado su relato en cada detalle sobre cómo su hijo había intervenido y le había salvado de los ladrones.

Mientras este hablaba, Clarissa limpió las heridas del forastero y le dio de comer y de beber. Estaba enormemente orgullosa de su hijo adoptivo por salvar al viajero, pero le preocupaba que él mismo se hubiese metido en la pelea.

-Esos hombres podrían haberte herido gravemente o incluso haberte matado-dijo.

-¿Qué se supone que debía hacer?-dijo Jedrek encogiéndose de hombros-¿Dejar que le robasen?

Clarissa le besó en la mejilla-Bueno, sea como sea, ¡estoy muy orgullosa de ti!-exclamó.

Cuando Rhydon regresó y escuchó la historia también se sorprendió.

-¿Quién es este muchacho?-le preguntó a su esposa.

-No lo sé-dijo con un suspiro-Creo que tiene un gran futuro, pero puede que no sea junto a nosotros.

CAPÍTULO 6
LA HISTORIA DEL VIAJERO

El caballo del forastero había salido desbocado cuando este fue atacado y Rhydon organizó una batida por la aldea para buscarlo. El animal finalmente fue encontrado vagando por el bosque bastante asustado, y como era evidente que el forastero no podría viajar ese día, Clarissa se ofreció a alojarle durante la noche.

-Me temo que nuestra casa es muy humilde-dijo ella-pero podemos hacerte un sitio para dormir.

-Mi querida señora-dijo el viajero-he dormido en muchos lugares y estoy agradecido de que alguien me esté acogiendo para pasar la noche.

-¿A qué te dedicas?-preguntó Jedrek.

-Soy un mercader-contestó el viajero-Mi oficio me lleva por muchas tierras extrañas y maravillosas.

-Háblanos de ellas-pidió Clarissa con entusiasmo.

-Sí, por favor-dijo Jedrek. Las historias sobre tierras lejanas serían una distracción estupenda para la noche.

Y así fue. El viajero les fascinó con atractivos relatos de las tierras extrañas y maravillosas por las que sus viajes le habían llevado.

-¿Cuál es la región más extraña que conoces? -preguntó Rhydon.

-Bueno, existe una que se encuentra al otro lado del mar, que dicen que se halla sumida en un gran encantamiento-dijo su invitado-En realidad no la conozco, porque está custodiada por feroces dragones y nadie puede entrar.

-¿Dragones?-gritó Rhydon-Pensé que se habían extinguido hace años.

-Ah, eso es lo que los hombres de la ciencia nos han hecho creer-dijo el viajero-Pero parecen no haber tenido en cuenta el poder de la magia.

-¿Magia?

-Sí. El dragón es una criatura mágica que no parece responder a las leyes normales de lo que llamamos ciencia-respondió el viajero con una sonrisa.

-¿Estás seguro de que esto no es un cuento de hadas?-dijo Rhydon.

-Os aseguro que he escuchado esta historia en boca de personas de confianza que creen en ella.

-¿Pero vive alguien en esa región?-preguntó Clarissa.

El viajero prosiguió con el relato-Dicen que sus habitantes están profundamente dormidos por el encantamiento. Han estado así, dormidos, durante varios años-comentó.

-¿Por qué?-preguntó Jedrek.

-Bueno, dicen que hace muchos años, esa tierra, conocida como Campania, era muy próspera ya que tenía una cueva y en el fondo de la misma había una montaña de oro.

-¿Oro?-dijo Rhydon-Pero hay oro en muchas regiones.

-Oh, sí-dijo el viajero con una sonrisa-Pero este oro estaba encantado y poseía poderes mágicos.

-¿Magia?

-Sí, esa palabra otra vez-asintió el viajero con una sonrisa-De hecho, nos encontramos lidiando con cosas que están más allá de nuestra comprensión.

-¿Qué poderes mágicos tenía el oro?-preguntó Clarissa.

-El oro tenía el poder de hacer prosperar la tierra. Debido a que este estaba allí, las cosechas crecieron más y fueron más abundantes que en cualquier otro lugar, el ganado era más fértil y la gente poseía una sabiduría infinita. El oro estaba custodiado por tres hermosas hechiceras conocidas como "Las Maidhi". Estas mantuvieron el oro a salvo cegando los ojos de cualquiera que intentase robarlo.

-¿Alguien lo intentó?

-Sí. Pero aquellos que trataron de entrar en la cueva para robar el oro salían cegados durante un tiempo hasta que el hechizo que les habían hecho las Maidhi desaparecía. Cuando esto se supo las Maidhi y el oro dejaron de ser asediados por la gente de la región. Pero después llegó una amenaza desde el exterior. Cuando llegaron noticias a las Tierras Oscuras sobre el oro, vino un ejército de toda clase de criaturas horribles. Eran bandoleros que buscaban poner sus manos sobre el oro. Causaron un gran daño a la tierra, de modo que la gente pidió ayuda a las Maidhi. Invocando al Espíritu Eterno, las Maidhi recibieron una espada con poderes mágicos que clavaron en un roble muerto. Estas dijeron que solo el elegido por el Espíritu Eterno para liberar a la región podría sacar la espada del árbol.

-¡Es asombroso!-exclamó Rhydon-¿Pero alguien llegó a sacar la espada?

-Muchos hombres fuertes lo intentaron-dijo el viajero-Todos los nobles de la región lo intentaron, aunque ni siquiera los más fuertes lograron sacar la espada. Pero entonces apareció un joven de una familia humilde como la vuestra. Todos se rieron de él porque solo era un muchacho. Pero las risas se convirtieron en gritos de asombro cuando este sacó la espada del árbol y la sostuvo.

-¡Hala!-dijo Jedrek- Entonces, ¿se convirtió en el libertador?

-Sí-dijo el viajero-Según me contaron, este comandó al ejército contra los invasores y con la ayuda de la espada los machacó. La gente de la región estaba tan agradecida que le convirtieron en su rey. Se casó con una hermosa doncella y esta dio a luz a mellizos; un niño y una niña. La gente de la tierra esperaba un largo periodo de paz bajo su mandato.

-¿Pero lo tuvieron?-preguntó Clarissa-Pensé que habías dicho que estaban todos ellos bajo un hechizo.

-Así es-dijo el viajero-Por desgracia, parece que en las Tierras Oscuras vivía un mago malvado. Cuando este se enteró de que había oro en la región, creó un plan diabólicamente astuto para robarlo. Invocando los poderes de todos sus perversos ancestros de las Tierras Oscuras, forjó una lanza mágica que le otorgaría poder sobre cualquiera que mostrase el más mínimo temor. Armado con la lanza, este mago entró en la tierra de Campania.

-¡Hala!-exclamó Jedrek-¿Y la gente le tenía miedo?

-Totalmente-respondió el viajero-Porque debido a su magia este se convirtió en un horrible hobgoblin. Mientras recorría el territorio, la gente estaba aterrorizada de él y cayó bajo el hechizo de su lanza.

-¿Qué pasó entonces?-Clarissa le instó a seguir contando la historia sin respiro-¡No nos dejes con la incertidumbre!

-Como las personas de la región le tenían miedo, estos cayeron en un profundo sueño bajo el poder de su magia. Usando esa brujería, el mago pudo abrir un camino hacia la cueva en la que el oro estaba custodiado por las Maidhi. Cuando apareció por allí, las Maidhi se asustaron tanto de él que cayeron bajo el hechizo de su lanza antes de poder cegarle.

-Entonces, ¿todos le tenían miedo?-preguntó Jedrek.

-Parece que sí, todos menos el rey de la región. Tomando su fiel espada, la que había sacado del árbol, el rey se fue a luchar contra el mago. No mostró ningún miedo cuando se enfrentó al demonio. Pero cuando fue a golpear al mago con la espada, aquel, de alguna forma, atrapó el golpe con su lanza y, con un gran destello, la espada se rompió en pedazos.

-¡Oh, no!-dijo Clarissa, ahora completamente absorta en la historia-¿Qué sucedió entonces?

-El mago asesinó al rey bueno y valiente con la lanza. Con el poder de la espada rota, toda la tierra de Campania cayó bajo su hechizo y la gente se durmió.

-¿Así que el mago robó el oro?

-No-dijo el viajero-Por lo visto, el poder de la magia sobre el oro fue suficiente para oponerse a la del mago y que este no pudiese llegar hasta el tesoro. La única posibilidad que él tenía para reinar sobre la región era casarse con la hija del rey. Por supuesto, esta era una niña, por lo que la sometió a un profundo hechizo de sueño hasta que tuviese la edad suficiente para casarse con él. Se dice que entonces él la despertará, se casará con ella y por fin podrá poner sus manos sobre el oro.

-¿Pero no dijiste que el rey tenía dos hijos?-preguntó Clarissa-¿Qué pasó con el otro?

-Su madre fue asesinada por el mago, pero se dice que su propia niñera lo tomó y se lo llevó. Nadie sabe cómo lo hizo. Parece ser que debió ayudarla alguien. Hay quien dice que incluso se llevó los trozos de la espada.

-¿Ella hizo eso?-dijo Clarissa-Pero qué...

Rhydon la interrumpió-Entonces, ¿qué le ocurrió al niño?-preguntó.

-Nadie lo sabe. Pero si está vivo es el rey legítimo de la región.

-¿Y la tierra de Campania?

-Todavía está bajo el poder del mago. Cuando supo que el niño se había marchado juró que este nunca entraría en la región y llamó a dos feroces dragones de las Tierras Oscuras.

-¿Por qué a dos?

-Uno para proteger el oro y el otro para vigilar la entrada a la región, para que nadie pueda pasar. También se dice que el mar de alrededor de la tierra de Campania está plagado de serpientes.

-¿Y qué hay del mago?

-Dicen que merodea por la región esperando su momento. Por supuesto, esta zona ahora se encuentra cubierta por un espeso bosque porque al estar todo el mundo durmiendo, no hay nadie para cuidar de los campos. Pero me contaron que existía una profecía sobre la espada.

-¿Una profecía?

-Sí, algo así como que quien sea capaz de forjar la espada matará a los dragones.

-¿Qué?-gritó Clarissa.

Y en ese momento Rhydon bostezó-Bueno-le dijo al viajero-Eso seguramente sea una leyenda. No estoy seguro de cuánto me llego a creer de ella, pero muchas gracias por divertirnos con el relato. Aunque debemos irnos a la cama, señor. Mañana tenemos un día ajetreado y tú tienes un viaje por delante.

-Es un placer-dijo el viajero-Gracias por vuestra amabilidad.

-Solo una pregunta-dijo Jedrek, que estaba totalmente absorto por la historia del viajero-¿Dónde está la tierra de Campania?

-Al otro lado del gran mar, muchacho-dijo el viajero con una sonrisa-Es necesario hacer un viaje considerable para ir hasta allí. Ni siquiera yo he llegado tan lejos.

-Otra cosa-dijo Clarissa-¿Mencionaste algo sobre una espada?

-Creo que el caballero ya nos ha contado suficientes cosas esta noche-dijo Rhydon-Debe estar cansado después de toda la emoción de hoy y mañana tiene un largo día por delante.

Clarissa parecía molesta por no poder hacer su pregunta, pero la mirada en los ojos de su marido le indicó que no siguiese con el interrogatorio. El pequeño grupo se separó cuando cada uno de ellos se fue a la cama para pasar la noche. El viajero durmió profundamente, pero la esposa del herrero no. Seguía pensando en la espada. En cuanto a Jedrek, estaba encantado con la historia del viajero y soñaba con matar dragones. ¡Qué poco sabía él que pronto ese sueño se haría realidad!

CAPÍTULO 7

NEERWANA

Después de desayunar, el viajero mostró su agradecimiento abriendo su bolsa y entregándoles cinco monedas de oro. Clarissa dijo que no podían aceptar su dinero, pero el hombre insistió.

-¿Qué son cinco monedas de oro comparadas con mi vida?-preguntó-Tomadlas como muestra de mi gratitud por la valentía de vuestro hijo y por vuestra propia hospitalidad.

-Eso es más dinero del que he visto nunca-murmuró Rhydon riéndose-Los ladrones que te atacaron de verdad se lo perdieron.

-Seguramente-dijo el viajero-¡Gracias a tu valiente hijo!

Rhydon tenía una tarea urgente que hacer en

la herrería para la que precisaba la ayuda de su hijo, así que le desearon buena suerte al viajero y dejaron que Clarissa fuera quien lo despidiese. El caballo, que se había escapado durante el ataque, había sido encontrado y el viajero se montó en él. Mientras levantaba su sombrero como un gesto hacia Clarissa, esta le habló.

-Por cierto, señor. La espada que mencionaste anoche...¿por casualidad tenía un nombre inscrito?-preguntó.

-Sí, creo que sí-dijo el viajero-Fue bautizada con una palabra antigua.

-¿Sabes cuál era esa palabra antigua?-preguntó Clarissa mientras el viajero hacía girar a su caballo.

Este se detuvo y pensó durante un momento-Neerwana, creo-dijo-¡Buen día, señora, y gracias otra vez!-añadió mientras se alejaba, dejando a Clarissa con el estómago revuelto.

Ella entró en casa y abrió un armario. Allí, en una tela, estaba la espada hecha pedazos. Clarissa sacó este objeto y lo colocó sobre la mesa. Esta no había sido sacada del armario desde que se resistió a todos los intentos de Rhydon por forjarla. Él quiso tirarla porque la consideraba inútil, pero ella insistió en que la guardaran. Ahora, cuando la desenvolvió y juntó los trozos, volvió a ver ese nombre: NEERWANA. Se llevó la mano a la boca. ¿Qué significaba esto?

Rápidamente envolvió la espada, la volvió a meter en el armario y cerró la puerta. De repente, vio a un anciano sentado en un rincón. Solo pudo verlo durante unos segundos antes de que este desapareciese, pero lo reconoció como el mismo anciano que había visto anteriormente, cuando encontraron al niño que ahora era su hijo adoptivo, Jedrek. Ella miró por la habitación y se preguntó si se estaría imaginando cosas, pero después vio al anciano otra vez en otro rincón de la habitación.

Este sonrió-Lo has hecho bien, sierva-dijo, y desapareció.

-Bien...¿el qué?-Clarissa miró a su alrededor, confundida-¿Dónde estás?

-Pueden hallarme aquellos que aman la verdad y la bondad-dijo una voz detrás de ella. Clarissa miró y vio al anciano allí.

-Bueno, gracias-dijo la esposa del herrero-¿Puedo preguntarte quién eres?

-Aún no-contestó el viejecito-Pero pronto lo sabrás todo. He venido a decirte cuál es el destino del niño que acogiste.

-¿Te refieres a Jedrek?

-El mismo. Veo que lo has criado bien.

-¡Vaya, gracias! Nos ha dado una gran alegría.

-Sí, ya veo-dijo el anciano-Pero pronto se marchará.

-¡Oh...oh, no!-gritó la mujer-¡No puede ser!

-Es su destino, buena señora-dijo el anciano con un serio movimiento de cabeza-Lo que has hecho es prepararle para lo que vendrá pronto.

-¿Qué quieres decir?-preguntó Clarissa con lágrimas en los ojos al pensar que su querido hijo podría serle arrebatado.

El anciano se sentó en el taburete alto que había en la habitación e inclinó la cabeza para que sus ojos estuviesen a la altura de los de Clarissa.

-¿Ayer acogiste a un viajero?-preguntó.

-Sí. Jedrek le salvó de unos atracadores.

-Lo sabemos. Ha demostrado ser digno de Neerwana.

-¿Neerwana? ¿La espada?

-Sí. Él será quien forje la espada, Neerwana, ya que sus trozos solo pueden ser arreglados por aquel que demuestre no tener miedo.

-¿Pero qué significa Neerwana?

-Significa "Mi Fuerza". Esta es la espada que fue sacada de aquel árbol por su valiente padre.

-¿Entonces Jedrek es...?

-Sí, es el hijo del rey de Campania.

-¿El que fue rescatado por su niñera? Entonces...¿cómo acabó aquí?

-Ese es un misterio del destino-dijo el anciano inclinando la cabeza-No tienes por qué saber ese dato, tan solo que aquello fue ordenado por el Espíritu Eterno.

-De modo que, ¿a dónde nos lleva esto?-dijo Clarissa respirando profundamente.

-Estuve hablando con tu hijo-explicó el anciano-Vendrá a pedirte algo.

En ese momento Jedrek irrumpió en la habitación-Madre, ¿dónde está la espada conocida como Neerwana?-preguntó.

CAPÍTULO 8
FORJANDO LA ESPADA

Clarissa miró a su hijo y después volvió a mirar hacia el rincón donde se hallaba el anciano, pero este había desaparecido.

-¿Cómo...cómo supiste de la existencia de Neerwana?-tartamudeó.

-Estaba recogiendo leña para la herrería y conocí a un anciano en el bosque. Me contó eso y muchas cosas más.

-Pero...¡si estaba aquí conmigo!

-Sí, eso dijo-indicó Jedrek con una sonrisa- Ahora por favor, dime, ¿dónde está la espada?-preguntó con un tono de impaciencia.

-Aquí está, hijo-respondió su madre,

abriendo el armario y volviendo a colocar los trozos sobre la mesa.

-N-E-E-R-W-A-N-A-dijo Jedrek mientras deletreaba lentamente la palabra inscrita en la espada-¿Es cierto que encontraste esta espada junto a mí?

-Sí-dijo Clarissa, sintiéndose bastante culpable por no habérselo contado antes.

El sentimiento de culpa creció cuando Jedrek habló-¿Por qué no me lo dijiste antes?-preguntó.

-No sabíamos muy bien qué significaba todo eso. Pero parece que ahora sí-dijo Clarissa.

En este instante llegó Rhydon-¿Dónde demonios has estado, Jedrek?-dijo enfadado-Estuve esperando que me trajeses la leña. Tenemos trabajo. ¿Dónde rayos está?

-Creo que será mejor que hablemos, querido-dijo Clarissa, llevándoselo hacia un lado. Rápidamente le explicó lo que había ocurrido, la visita del anciano y lo que este dijo sobre Jedrek y la espada-Y Jedrek también lo vio-comentó.

-¿Estás segura de que vosotros dos no os imagináis cosas?-dijo Rhydon-Los ancianos no aparecen y desaparecen sin más. En cualquier caso, no importa lo que dijera ese señor en tu ensoñación. Jedrek no podrá forjar esa espada. Yo lo intenté muchas veces y el metal siempre se resiste.

-¡Entonces déjame intentarlo, padre! Solo una vez-pidió Jedrek.

-Bueno-dijo Rhydon encogiéndose de hombros-Tu madre y tú estáis con eso en la cabeza, así que no veo nada de malo. Hacemos una cosa: tú me ayudas esta mañana con el trabajo que debo hacer y esta tarde podrás usar la herrería.

-Gracias, padre-dijo Jedrek. Este estaba ansioso por ponerse a forjar la espada después de haber conversado con el anciano, pero se dio cuenta de que su padre tenía trabajo por hacer y se armó de paciencia. De modo que recogió la leña que había reunido antes de que el anciano le interrumpiese y regresó a la herrería, donde el fuego ardió pronto y el metal fue fundido y trabajado por el experto herrero. A Jedrek le pareció una eternidad, pero por fin, el trabajo se acabó y, con el fuego todavía caliente y encendido, Rhydon habló con su hijo.

-Vamos a comer algo y después veremos lo de la espada-dijo.

-Ve tú, padre-dijo Jedrek-Creo que forjar la espada es algo que debo hacer por mí mismo.

-Como quieras. Pero recuerda, si yo no puedo forjar esa espada con toda mi experiencia como herrero, no creo que tú lo consigas-dijo el herrero amable, despeinando el cabello de su hijo.

Rhydon no pretendía desanimarle, pero era un hombre franco y directo que contaba las cosas como las veía. Y puesto que había intentado varias veces forjar la espada él mismo, pensó que su hijo inexperto no tendría ninguna posibilidad. Pero dejemos que el muchacho use la cabeza-pensó-Aprenderá por experiencia que algunas cosas simplemente no se pueden hacer.

Jedrek fue casi corriendo hacia el lugar donde se encontraban los trozos de la espada sobre la mesa. Recogió los pedazos de la tela en la que estos habían sido hallados y se dirigió a la herrería. Sabía que los trozos debían forjarse juntos para que el nombre *Neerwana* aún pudiera leerse sobre la espada. ¿Pero cómo lo haría?

En primer lugar, él había aprendido de su padre que el metal debe calentarse a fuego blanco para que este sea maleable. De modo que sopló aire a través del fuego con el fuelle, como había hecho habitualmente con Rhydon. Luego, usando las tenazas de herrero, colocó con cuidado los trozos de la espada, en orden, y continuó soplando con el fuelle, mientras la herrería se calentaba cada vez más. Pudo ver que los trozos de la espada comenzaban a brillar. Cuando estos estuviesen fundidos intentaría unirlos.

Entonces, de repente, ante los ojos asombrados del muchacho sucedió algo increíble. Los trozos brillantes de la espada comenzaron a moverse. ¿Fue a causa de utilizar el fuelle? ¡No, se estaban moviendo lentamente todos ellos por sí solos! Se acercaron más y más hasta que surgió un destello de luz de la espada que hizo que Jedrek se tapara los ojos. Cuando los abrió, vio la espada de una sola pieza y el nombre *NEER-WANA* brillando intensamente en ella. Era como si la espada le estuviese hablando con palabras que no podía oír pero que resonaban en su interior: "¡Tómame! ¡Tómame! ¡Soy tu fuerza!"

Con el corazón acelerado, Jedrek tomó las tenazas de herrero, sacó la espada de la herrería y la metió en la pila de agua fría, que lanzaba vapor y burbujas cuando el metal se enfrió.

-¡Neerwana!-dijo-La espada mágica de mi padre. ¡Bienvenida de nuevo!

Rhydon y Clarissa, que escucharon los sonidos procedentes de la herrería, fueron corriendo hasta allí. Jedrek sostuvo la espada, que lanzaba destellos, provocando que el herrero y su esposa se taparan los ojos.

-¡Os presento a Neerwana!-dijo.

Después, en un instante de entusiasmo juvenil por su nueva arma y también para probar su fuerza, Jedrek blandió la espada y la dejó caer sobre el yunque. Hubo un destello de luz y el yunque se rompió en dos trozos.

-¡Uy, lo siento!-dijo Jedrek, mirando a los dos adultos sorprendidos que le contemplaban con la boca abierta.

CAPÍTULO 9
LA HERMANA DURMIENTE

Rhydon fue el primero en hablar.

-¿Cómo te las arreglaste para forjar esa espada, chico?-preguntó.

-Simplemente la puse al fuego y los trozos se juntaron-dijo el muchacho.

-¡Es asombroso!-exclamó su padre-Y esta parece tener una resistencia que está por encima del metal normal.

-Sí-dijo Jedrek un poco avergonzado-Siento lo del yunque.

-Eso se puede reparar. Pero lo más importante es que has forjado la espada. Nunca pensé que eso sería posible para un joven como tú-dijo su padre.

-Quizá él fue el elegido para forjarla-dijo Clarissa.

-¿Y para matar dragones?-murmuró Jedrek, mirando la espada que brillaba a la luz del sol de la tarde-¿Pensáis que podría tener una misión?

-De hecho, podrías-dijo su padre-Pero antes de nada, hijo, tu misión es ayudarme a reparar este yunque roto. Eso nos debería llevar bastante tiempo, me temo, y el sol ya está empezando a ponerse. Necesito tener hecho esto para mañana, ya que tengo otras tareas por hacer. Así que tus heroicas hazañas deberán esperar un poco.

-Está bien, padre-dijo Jedrek, abrazando a sus padres-Siento mucho lo del yunque. Nunca me di cuenta de que eso pasaría.

-Nunca había visto algo así. Pero es una grieta recta por la mitad, por lo que deberíamos poder volver a unirlo bien-dijo Rhydon mientras llevaban los trozos del yunque a la herrería.

La labor de reparación del yunque tomó su tiempo, y la oscuridad ya había caído cuando acabaron. Clarissa estuvo allí para darles comida y bebida durante las horas de trabajo abrasador y sudoroso. Sin embargo, todo el tiempo pensaba en el hecho de que podría estar perdiendo a su amado hijo.

Si él es el elegido, que creo que sí, entonces tendrá que marcharse pronto, matar a esos dragones y rescatar a su hermana-pensó Clarissa. Una mirada de ansiedad atravesó su rostro-¿Pero qué sucederá cuando se encuentre con ese terrible mago?

Jedrek, mientras tanto, no tenía ninguna otra preocupación más que arreglar el yunque. Cuando por fin lo consiguió, para satisfacción de su padre, suspiró aliviado y fue a tomar la espada otra vez. Bajó la mirada y vio las letras N-E-E-R-W-A-N-A. Casi podía jurar que vio las letras moverse como por arte de magia. Eres una espada mágica con una fuerza mágica-pensó-¿Qué voy a hacer contigo?

-Creo que puedo responderte a eso-dijo una voz desde el rincón.

Jedrek se dio la vuelta y se asustó cuando vio al anciano allí sentado.

-¡Oh, eres tú! ¿Cómo has entrado?

El anciano sonrió-Eso no es asunto tuyo, hijo mío. Tienes que escuchar lo que voy a contarte, ya que es de vital importancia-dijo.

-¿Pero quién...quién eres tú?-tartamudeó Jedrek.

-Soy el Profeta Naban, guardián de la tierra de Campania-dijo el anciano-Eso sí, también cuido de esta tierra-añadió con un brillo en los ojos.

-¡Hala!-exclamó el muchacho-¿Pero por qué has venido a verme estas dos veces?

-Porque ha llegado la hora de tus grandes hazañas. Es el momento de que tomes tu espada y recuperes la tierra de tus padres de las manos del maldijo el anciano inclinando levemente la cabeza.

-¿Es...es esta la tierra de la que nos habló el viajero?-preguntó Jedrek.

-La misma, hijo mío-dijo Naban-Ha estado bajo las garras del mal durante demasiados años y se está acabando el tiempo antes de que tu hermana sea despertada.

-¿Mi hermana?-Jedrek dio un grito ahogado.

-Sí, pronto llegará el momento en el que se despertará.

-¿Qué pasará si eso sucede?

-Ella corre un grave peligro por culpa del mago que hechizó a la tierra para que sus habitantes durmiesen.

-¿Entonces es la princesa de la que nos habló el viajero?-Jedrek dio un respingo.

-La misma.

-¿Y es mi hermana?

-Sí.

-Entonces parece que tengo una misión entre manos. ¿Dónde está la tierra de Campania?-preguntó Jedrek.

El anciano le miró y agitó la mano en el aire. Jedrek volvió a dar un respingo cuando observó que un pergamino enrollado bajaba del techo. Naban lo tomó y lo desenrolló. Lo extendió ante él y se convirtió en un mapa. Pero en la habitación no había una mesa y Jedrek contempló con asombro que el mapa parecía flotar en el aire.

-Disculpa, pero ¿cómo haces eso?-le preguntó al profeta.

-Las leyes de donde provengo son bastante diferentes a las de aquí-dijo el anciano-Ahora mira este mapa y préstale mucha atención.

Jedrek observó el mapa. En este había mares y países. También pudo apreciar las letras C-A-M-P-A-N-I-A escritas en el mismo. Mientras las miraba, estas se hicieron cada vez más grandes y, de pronto, la cabeza de Jedrek comenzó a dar vueltas. El mapa entero parecía girar alrededor de él, y Jedrek parecía sumergirse de cabeza en este.

-¿Qué me está ocurriendo?-gritó mientras se desplomaba en el suelo.

Levantó la vista y vio el rostro de una muchacha, más o menos de su edad, que le miraba. No sabía si ella era real o si estaba teniendo un sueño. La chica, que era muy hermosa, de ojos azules y cabello dorado, parecía estar perdida y asustada. De repente habló:

-Por favor, hermano, ven y ayúdanos. ¡Ven a rescatarme!-su voz se volvió cada vez más deses- perada-¡Por favor, ven y sálvame del terrible des- tino que nos aguarda a nuestra tierra y a mí!

Jedrek se despertó sobresaltado-¿Quién rayos era esa?-preguntó-¿Es mi...mi hermana?

-La misma-dijo el anciano.

-Pero pensé que...¿estaba dormida?

-Y lo está, pero tú estás escuchando el grito de su corazón-dijo el profeta. Este miró a Jedrek atentamente con ojos que parecían grabarse en la mente del muchacho-Ha llegado la hora de tomar esa espada y matar a quienes la tienen como rehén bajo ese hechizo.

-¿Pero el mago no rompió una vez la espada con su lanza?

-Sí, lo hizo en una ocasión. Pero la espada ahora estará una vez más en manos de alguien que no conoce el miedo. Mientras seas sabio y valiente, la espada reforjada de Neerwana será rival para cualquier tipo de magia-hizo una pausa y sonrió-¡Y sí, para los dragones también!

-¿Hay dragones allí?

-Sí, están custodiando a tu hermana y al oro, que es la riqueza de Campania. Tienes que lidiar con ellos y con el mago.

-Entonces, ¿cuándo me voy?-preguntó Jedrek

con entusiasmo, sacando la espada. Esta lanzaba fuego mientras la sostenía.

-Primero debes saber dónde ir-dijo el profeta sosteniendo el mapa. Sacó de su bolsillo lo que parecía ser una piedra larga y delgada que colgaba de un hilo. La sostuvo sobre el mapa y Jedrek observó como esta giraba y giraba hasta que se quedó quieta.

-¿Qué es eso?-preguntó.

-Es una piedra imán mágica-dijo el profeta-Se trata de un objeto que da direcciones. Cuando la sostengas sobre el mapa te guiará hacia la tierra de Campania.

-¡Hala!-dijo Jedrek-Es un objeto muy útil. Pero el viajero dijo que...¿aquello estaba al otro lado del mar?

-Bueno-el anciano sonrió-Eso significa que tendrás que tomar un barco para seguir el camino que marca la piedra. Es decir, salvo que seas un nadador muy fuerte-añadió, con los ojos brillantes.

-Creo que tomaré un barco-dijo Jedrek con una mueca. Este miró al anciano con atención-Dime la verdad, señor. ¿Soy realmente el hijo del rey de Campania?

-Lo eres-dijo el profeta-Eres el hijo del noble Krylov, el rey que fue asesinado por la maldad del mago Maldivan. Pero reconozco que ahora es el momento para que recuperes tu reino de la maldad que se apoderó de él.

-¿Es la espada todo lo que necesito para lograrlo?

-Sí, junto con algo más que descubrirás. Pero recuerda, el poder que hay en la espada solo funciona cuando alguien sin miedo la usa para bien. Su poder se volverá en contra de cualquiera que trate de utilizarla para el mal-Naban sacó un frasco de debajo de la manga (eso le pareció a Jedrek)-Pero ahora, ¡ha llegado tu momento! Arrodíllate ante mí.

Preguntándose si esto era real o solo un sueño, Jedrek se arrodilló ante el profeta. El anciano levantó el frasco y derramó sobre la cabeza del muchacho lo que parecía ser un aceite caliente. A Jedrek le pareció que toda la habitación estaba bañada por una luz brillante cuando escuchó la voz del profeta decir: "Jedrek, hijo de Krylov. Por decreto del Espíritu Eterno, te unjo rey de la tierra de Campania. Ahora vete, recupera tu herencia y rescata a tu hermana".

La luz se hizo cada vez más brillante mientras el profeta hablaba y Jedrek contempló el rostro de la hermosa muchacha, que le llamaba: "¡Ven, hermano! ¡Ven!"

Después, con un sobresalto, Jedrek se despertó. Estaba en la misma habitación, pero se sentía diferente. Vio la espada junto a él. ¿Aquello fue real o estaba soñando?-se preguntó. Entonces, de pronto, vio un par de cosas junto a la espada que le dejaron sin aliento.

-¡El mapa y la piedra imán mágica! ¡Entonces fue real!-murmuró para sí mismo.

-¡Por supuesto que sí!-dijo una voz en la esquina. Jedrek levantó la vista y allí estaba el profeta-Una cosa que olvidé añadir: durante tu viaje a Campania conocerás a un enemigo que se convertirá en un aliado muy cercano. ¡Muy cercano, de verdad!-añadió con una sonrisa cómplice.

Y con una despedida final al grito de "¡Buena suerte!", el profeta se marchó. Jedrek tomó la espada. Las letras N-E-E-R-W-A-N-A brillaban intensamente mientras él sostenía el arma. Es curioso-se dijo a sí mismo-realmente parece estar viva-se rió-Venga, amiga-le dijo a la espada-parece que tú y yo vamos a vivir algunas aventuras juntos.

CAPÍTULO 10
COMIENZA LA AVENTURA

Fue un día triste para Clarissa y Rhydon ya que Jedrek se marchó hacia su gran aventura. De hecho, Clarissa no pudo evitar derramar lágrimas de amargura al despedirse de él. Incluso el duro herrero Rhydon sintió que le escocían los ojos al pensar que su hijo adoptivo los abandonaba, quizá para siempre, y que tal vez nunca lo volverían a ver.

-Cuídate mucho, hijo. Intenta regresar y visítanos si puedes-dijo Clarisa mientras abrazaba a Jedrek.

-Por supuesto, madre-dijo Jedrek-Una vez que ese mago malvado esté fuera de aquí, traeré a mi hermana para que la veas-Jedrek dejó de hablar y miró a Clarissa, y las lágrimas brotaron de sus propios ojos al darse cuenta del amor y los cuidados que esta humilde mujer le había brindado a lo largo de los años-Y muchas gracias por todo lo que hiciste por mí.

-Ha sido la mayor alegría de mi vida-dijo su madre entre lágrimas. Después, esta se tranquilizó un poco y le señaló la comida envuelta en papel encerado y metida en una mochila que le había preparado para el viaje-¡Asegúrate de no morir de hambre, hijo!-exclamó.

Rhydon se acercó y abrazó a su hijo. Al hacerlo, puso en su mano las cinco monedas de oro que les había dado el viajero-Para el viaje, hijo-indicó, luchando contra las lágrimas.

-Pero no puedo aceptar esto, padre-dijo Jedrek-Esto te mantendrá durante tu vejez.

-Preferiría que tú nos mantuvieses durante nuestra vejez cuando hayas recobrado tus tierras-dijo el herrero-¡Tómalo! Necesitarás mucho para tu viaje. Ten cuidado con los ladrones durante el camino. Y recuerda que tu honor lo es todo. ¡No dejes que nadie te lo quite!-comentó el buen hombre.

-No lo permitiré, te lo juro-dijo Jedrek abrazando al herrero, que había sido un excelente ejemplo de honor para él-Sin ti yo no hubiese sido nada.

-Bueno, vete con nuestra bendición-dijo su

padre-Y por favor, date prisa, porque las despedidas son muy dolorosas.

Dándole a cada uno de sus padres adoptivos un último abrazo, Jedrek se colgó la mochila a la espalda, se acomodó la espada en la cintura y partió. Se giró a la salida de la aldea para despedirse de Rhydon y Clarissa, quienes le devolvieron el gesto. Después caminó por el sendero que atravesaba el bosque.

Antes de partir, Jedrek utilizó el mapa y la piedra imán mágica para señalar qué camino debía seguir. El mapa, que casi le parecía que estaba vivo, había sido un enigma para sus padres, quienes no veían otra cosa que una hoja de pergamino en blanco. Pero gracias a eso Jedrek sabía que el mapa estaba encantado y que él era el único que podía leerlo. Curiosamente, este solo mostraba el primer tramo del camino a través del bosque, pero él estaba bastante seguro de que, mientras viajase, el mapa revelaría cada vez más el camino hacia la tierra de Campania. Jedrek recorrió muchas millas durante el primer día y durmió bajo las estrellas por la noche. Estaba fascinado por el país en el que se encontraba, ya que nunca antes había estado tan lejos de casa. Durante su segundo día de travesía, un carro tirado por un caballo se acercó a él y pudo subir junto al campesino que conducía este vehículo.

Aunque estaba en forma y era muy fuerte, Jedrek se alegró por el paseo en carro porque eso significaba que podía hablar con el campesino sobre el campo que estaban surcando. Este le contó que regresaba del mercado en el cual había vendido algunos de sus productos y que el dinero que había ganado le duraría a su familia y a él hasta la próxima cosecha. Cuando se entcró de que Jedrek había dormido al aire libre la noche anterior, sus ojos se abrieron como platos.

-¡Hiciste algo peligroso!-exclamó.

-¿Por qué?-preguntó Jedrek.

-Porque estos caminos están llenos de ladrones. Acechan a los viajeros desde los árboles. Por eso tengo prisa por volver antes de que oscurezca-miró al muchacho que estaba a su lado y asintió-Te diré algo, esta noche te quedas con nosotros. Estarás a salvo.

-Gracias-dijo Jedrek.

-No hay de qué-dijo el campesino, pero después se quedó sin aliento cuando dos hombres saltaron de los árboles que se extendían frente a ellos, provocando que el caballo tirara del carro hacia atrás y relinchara asustado-¡Oh, no!-exclamó. Jedrek enseguida vio que los hombres estaban armados con espadas y palos-¡Ladrones!-susurró el campesino.

Jedrek miró a su alrededor y vio a otros dos

hombres de aspecto ruin detrás de ellos. Después, otro, evidentemente el líder de este variopinto grupo-pensó Jedrek-salió al camino y se dirigió a ellos dos.

-Bueno, señores-dijo este con una sonrisa malvada-Nos hemos dado cuenta de que están muy agobiados por lo que llevan. Sin duda, tendrán algo de dinero encima, del cual les liberaremos. Y, si desean desprenderse de ello, también nos llevaremos el caballo y el carro. Por supuesto-añadió con una mirada maliciosa-podemos quitarles la vida primero, si así lo desean.

Jedrek pensó que debería asustarse de esos cinco rufianes armados, pero en vez de eso sintió que la ira crecía dentro de él. Se puso de pie sobre el carro y al hacerlo sintió la empuñadura de Neerwana. La espada casi parecía hablar con él, diciéndole que era el momento de entrar en acción.

-¡Eh, muchacho!-dijo el líder de los ladrones-Esa es una bonita espada. Seguro que eres demasiado joven para usarla correctamente, así que me la quedaré. Estoy convencido de que puedo darle mejor uso.

-Muy bien, perro asqueroso. Ven y quítamela-dijo Jedrek sacando a Neerwana de su vaina.

-¡No te compliques, muchacho!-gritó otro de los hombres-Dale la espada.

-¡Pienso complicárselo a todos vosotros!-dijo Jedrek-¡Venid y probad a Neerwana!

El líder de la banda rio a carcajadas-Vaya, tiene actitud-dijo-¡Ahhgg, maldito puerco!-gritó cuando Jedrek tomó un poco de tierra del carro y se la arrojó a la cara-¡Te mataré ahora!-el ladrón blandió su espada.

Se abalanzó sobre Jedrek, pero, mientras lo hacía, el muchacho levantó a Neerwana y las dos espadas se encontraron con un gran destello. El delincuente cayó con su espada rota en dos pedazos. Jedrek bajó del carro con un salto y fue a por los demás hombres. Estos fueron corriendo hacia él con sus espadas y palos, pero sin saber que el joven era un espadachín bastante hábil que manejaba bien a Neerwana. La pelea solo duró unos segundos, con golpes y destellos incluidos, mientras Neerwana destrozaba las armas de aquellos hombres. Cuando se acabó, los cinco ladrones desesperados se encontraban tendidos en el suelo, suplicando misericordia a ese muchacho de la súper espada.

-¡Cielos!-exclamó el campesino, casi incapaz de creer lo que había visto.

Jedrek se puso de pie sobre los ladrones,

apuntándoles con Neerwana-No nos mates-suplicó el líder-Solo somos unos pobres hombres.

-¡Pobres hombres!-se burló el campesino-Son el terror del camino.

-¿Tienes una cuerda?-preguntó Jedrek.

-Sí, en el carro-dijo el campesino con entusiasmo-¿Los ahorcamos?

Ante esto, se escuchó un gemido, "¡Noooo!", de los hombres que yacían en el suelo.

-Ahorcarlos no, solo atarlos durante toda la noche para que el sheriff les encuentre por la mañana-dijo Jedrek.

-¡Qué buena idea!-comentó el campesino. Así que se ocupó de atar a los ladrones aturdidos mientras Jedrek hacía guardia con la espada, que brillaba y aterraba a estos.

-¡La espada está encantada!-exclamó uno de ellos.

-Lo sentimos-dijo otro-No sabíamos que eras un mago.

Para entonces, el campesino, acostumbrado a anudar cuerdas para atar al ganado, había hecho una labor excelente al amarrar a los bandidos a la base de un árbol que se hallaba a un lado del camino.

-¿No irás a dejarnos aquí? —dijo el líder consternado, observando sus armas rotas que yacían dispersas por el suelo frente a ellos.

-¡Exacto!-dijo Jedrek con una sonrisa-Que pasen una buena noche, caballeros, y confío en que el sheriff les encuentre por la mañana. Sin duda les estará buscando.

Y así, ignorando los gritos y las súplicas de los supuestos ladrones, Jedrek subió al carro y volvieron a partir.

CAPÍTULO 11
EL SUEÑO

El sol se había puesto y la noche caía cuando Jedrek y su agradecido compañero llegaron a la casa de este último. El campesino, que había estado mostrando su gratitud durante todo el camino para vergüenza de Jedrek, ahora contaba la heroicidad a su esposa e hijos.

-No creeríais cómo este muchacho atacó a esos rufianes. Pensé que todo se acababa y que nuestra familia se moriría de hambre, pero este joven amigo nos salvó-dijo el hombre agradecido.

-Estamos muy agradecidos contigo-dijo la esposa del campesino mientras se sentaban para tomar la comida que esta había preparado. Jedrek pensó que si volvía a escuchar la palabra "agradecido" de alguien, ¡podría gritar! Pero le encantaba la exquisita comida y como lograba desviar la conversación de sus recientes hazañas, realmente disfrutaba de su compañía.

Los niños le miraban con asombro-Por favor, ¿nos enseñarás la espada?-rogaron.

Jedrek sacó a Neerwana y los niños se quedaron boquiabiertos cuando esta parpadeó y brilló ante ellos.

-Está encantada-dijo la niña.

-¿Puedo sujetarla?-preguntó el niño.

-¡Claro!-dijo Jedrek.

-¡Ay!-gritó el niño cuando tocó la espada. Se chupó los dedos-¡Está caliente!

En ese momento Jedrek se dio cuenta de que el poder de la espada era solo para él. Nadie más debía tocarla hasta que llegase la hora de liberar a su hermana del hechizo.

-Lo siento, no debí haberte dejado tocarla-le dijo al niño.

-¿Qué poder tiene esa espada?-preguntó el campesino.

-Este procede del Espíritu Eterno-dijo Jedrek. Dejó de hablar cuando vio la silueta de un anciano en el rincón de la habitación con el dedo en los labios. Luego, dándose cuenta de que no debía revelar demasiadas cosas, solamente añadió: "mediante formas que nosotros no comprendemos".

-Es increíble-le dijo el campesino a su esposa-Deberías haberlo visto.

-Ojalá yo hubiese estado allí-dijo el niño.

-¡Yo también!-dijo su hermana con brillo en los ojos.

-Bueno, es mejor que no estuvieseis-comentó su madre-Ahora el señor debe estar muy cansado-le dijo a Jedrek-Estamos muy agradecidos. Por favor, duerme en nuestra habitación esta noche.

-De verdad que no, señora-dijo Jedrek-No dejaré a tu familia sin habitación. Seré muy feliz durmiendo en el establo si allí hay algo de heno blando.

-¿Estás seguro?-preguntó el campesino.

-Totalmente. He dormido bajo las estrellas, así que un establo será un lujo, te lo aseguro. Y con tu esposa cocinando para mí, ¡dormiré toda la noche!

Estos se retiraron para descansar, el granjero y su familia fueron a su habitación y Jedrek al establo, acompañado por Neerwana. Después del esfuerzo realizado durante el día, Jedrek no tardó en dormirse sobre el heno blando. Mientras dormía soñó con un lugar lejano en el que vio a una muchacha de su misma edad, dormida sobre lo que parecía ser la cima de una colina. Esta era hermosa, tenía el cabello rubio y largo rodeándole su bonito rostro. Le recordaba a la muchacha que había visto anteriormente en sus apariciones pidiendo ayuda a gritos y, de forma instintiva, Jedrek supo que aquella era su hermana perdida. A medida que el sueño continuaba, parecía que la imagen se hacía más grande y vio que la muchacha estaba rodeada por algo como un resplandor fantasmal. Mientras miraba, la imagen se aclaró y pudo ver que la chica estaba rodeada de fuego. Este fuego no parecía quemar nada, sino que se elevaba por sí solo, como por arte de magia.

Jedrek se preguntó qué significaba esto. ¿Podría ser que la muchacha dormida

estuviese rodeada de un fuego mágico que él debería atravesar para despertarla? ¿Fue el mago quien puso el fuego ahí? Jedrek se preguntó si sería capaz de cruzar el fuego sin quemarse, mientras daba vueltas y vueltas en sueños.

Mientras seguía mirando aquello, el fuego se elevó hasta cubrir a la muchacha dormida. Pero entonces, a través del fuego, apareció el rostro de ella. Su cara todavía lucía hermosa, aunque ahora tenía una expresión de terror. Jedrek se sobresaltó mientras dormía cuando el rostro de su hermana perdida gritó: "¡Hermano! ¡Oh, querido hermano! ¡Ven a rescatarme antes de que sea demasiado tarde!"

Cuando Jedrek se despertó estaba empapado en sudor por lo que había soñado. Parecía que su hermana le llamaba y que las cosas cada vez se ponían más serias. Este decidió que debía partir enseguida, así que tras despedirse con cariño del campesino y de su familia, emprendió el camino que le llevaría hasta el mar y desde allí hasta Campania.

CAPÍTULO 12
ROBO EN LA POSADA

Jedrek avanzó mucho en su viaje hacia la costa, donde podría encontrar un barco que le llevase hasta Campania. Sin embargo, su viaje no estuvo exento de incidentes, pues el peligro parecía acechar desde todos los rincones. Consciente de la advertencia del campesino de no dormir al aire libre, se detuvo en una posada para pasar la noche. Pero esto no resultó ser más seguro que dormir bajo las estrellas, ya que dos rufianes que se encontraban allí bebiendo cerveza vieron que Jedrek llevaba una bolsa y decidieron robársela mientras dormía.

Aquella noche estos entraron en la habitación donde Jedrek dormía. La luz de la luna brillaba intensamente a través de la ventana iluminando el lugar. Jedrek había colocado sabiamente la bolsa bajo la almohada, por lo que los ladrones se preguntaron cómo llegar hasta ella. Pensaron que cortarle el cuello al muchacho podía ser la mejor forma de lograr lo que querían. Así, podrían escapar hacia el bosque antes de que alguien diese la voz de alarma.

Desafortunadamente, uno de ellos vio a Neerwana tumbada junto a Jedrek, y pensó que también podría conseguir la espada. Su codicia fue su perdición. Cuando agarró la espada, esta ardía como el fuego, lo que le hizo gritar y arrojarla al suelo. Su grito y el estruendo de la espada al caer despertaron a Jedrek, quien tuvo la calma suficiente para atrapar al rufián que estaba a su lado. Con un rápido tirón de sus fuertes brazos el ladrón salió despedido por la habitación hasta caer con estrépito.

Jedrek saltó de la cama, mirando a la luz de la luna a los dos bandoleros que habían venido a matarle y a robarle la bolsa. Estos se lanzaron a por él, pero una patada hizo volar a uno de ellos, cayendo este sin aliento junto a la ventana. Después, Jedrek atrapó al otro ladrón y lo lanzó contra la puerta causando un gran estampido. El hecho de que la puerta fuese incluso más dura que la cabeza algo gruesa del rufián provocó que el hombre se quedase inconsciente durante un rato. Eso dejó a Jedrek lidiando solamente con su amigo, que para entonces ya se había levantado e imprudentemente decidió atacar de nuevo al muchacho con su cuchillo. Este era un hombre bastante grande y parecía que Jedrek debía dejarse llevar por la corriente, pero el chico agarró a ese tipo del brazo en el que tenía el cuchillo, se giró y lo lanzó por la habitación con una fuerza increíble. La ventana estaba abierta y, con un grito, el rufián desapareció por esta. Jedrek escuchó el porrazo que sonó afuera y solo esperaba que el ladrón no se hubiese suicidado en la caída.

En ese momento el dueño de la posada entró en escena después de haber escuchado el ruido. Miró al hombre que estaba tendido en el suelo, se rascó la cabeza y habló:

-¿Qué ha pasado aquí?-preguntó.

-Estos hombres intentaron robarme en tu posada-dijo Jedrek, destacando el lugar del suceso-Vinieron a mi habitación para degollarme.

-¡Caramba!-dijo el propietario-¿Y aplastaste a los dos?

-Fue en defensa propia.

-Ya veo-dijo el propietario. Miró al ladrón, que ahora estaba recobrando el juicio-Venga conmigo-le agarró con su fuerte brazo, llevándole escaleras abajo y le tiró encima de su compañero, que en ese momento se estaba recuperando tras su caída por la ventana. Uno o dos huéspedes más de la posada se unieron al dueño y formaron un grupo en torno a los dos ladrones, mirándoles amenazadoramente.

El propietario tomó la palabra-Miren ustedes, este es un lugar decente y vienen aquí a tratar de robar a un muchacho. En mi posada, además. ¡Deberíamos ahorcaros!–dijo.

Los huéspedes que miraban se unieron a su sugerencia-¡Sí, vamos a ahorcarles!-gritaron.

Los dos rufianes se encogieron de miedo ante la idea. Sin embargo, como la ley no veía con buenos ojos el linchamiento, el propietario les dijo a los ladrones: "No. Ustedes dos salgan de aquí. No quiero volver a verles nunca. Si alguna vez les vemos de nuevo les entregaremos al sheriff. ¡Váyanse!".

Los dos hombres parecían desamparados y se alejaron cojeando con dolor.

-Se lo pensarán dos veces antes de volver a hacer algo así-dijo el propietario. Después se giró hacia Jedrek-Mira hijo, siento mucho que haya sucedido esto en mi posada. ¡Déjame invitarte a un desayuno en la sala!

Jedrek aceptó la invitación del propietario y cuando abandonó la posada estaba tan lleno de buena comida que sintió que no necesitaba comer durante una semana.

-¡Adiós, hijo!-exclamó el propietario de la posada mientras Jedrek le estrechaba la mano-¡Que la buena suerte esté contigo!

Jedrek se dio cuenta mientras se alejaba por el camino de que no solo la buena suerte, sino que también algún tipo de providencia le había acompañado para despertarle antes de que los ladrones pudiesen atacarle.

Este acarició la empuñadura de Neerwana, que colgaba de su cintura-Gracias, cosa maravillosa-murmuró. No se sentía tonto hablando con su espada, pues esta casi le parecía que estaba viva. Y después de todo, acababa de salvar la vida del muchacho. Sin embargo, decidió estar doblemente alerta en el futuro y vigilar su espalda, ya que existían peligros por todas partes.

CAPÍTULO 13
EL ATAQUE DE LOS WALVERATS

O tro incidente que sucedió durante el viaje al mar fue el ataque de unas temibles criaturas conocidas como walverats. Estos habitaban en aquella parte del país y eran un peligro tanto para los hombres como para las bestias. Se decía que procedían de las Tierras Oscuras, pero Jedrek nunca había visto uno ya que, de donde venía, estos estaban prácticamente extintos. Él había escuchado que eran como un gran perro de caza con mandíbulas enormes que podían destrozar un cuello. Los walverats tendían a cazar en parejas o de tres en tres, siendo uno de ellos el claro líder del grupo.

Jedrek estaba a un día de caminata del mar cuando se produjo el ataque. Se había subido a un carro, pero este se desvió hacia una granja y el muchacho fue dejado solo en el camino. La oscuridad se aproximaba y no había señales de una posada, así que Jedrek pensó que podría pasar la noche en un árbol.

Este estaba buscando un claro adecuado para encender un fuego cuando la espada que colgaba de su cintura comenzó a vibrar. Jedrek sintió que esta le anunciaba que se avecinaba peligro, así que sacó la espada y miró a su alrededor. En ese momento escuchó, desde los árboles, un gruñido muy pequeño. Jedrek se dio la vuelta rápidamente y observó un par de ojos que brillaban desde el matorral. Oyó otro gruñido y se giró para ver otro par de ojos detrás de él. Después, un gruñido más y un nuevo par de ojos.

Para entonces Jedrek estaba seguro de que había tres criaturas acechándole. Por lo que había oído, supuso que podrían ser walverats, y también estaba convencido de que sus intenciones no eran nada amistosas. ¿Cómo atacarían? Jedrek se giró lentamente, asegurándose de que su posición era firme y de que Neerwana estuviese lista y equilibrada en su mano.

De repente, sonó un rugido desde la maleza y apareció, de un salto, una criatura enorme. Esta saltó una y otra vez sobre Jedrek, con la intención de destrozarle el cuello. La criatura era rápida, pero la espada en mano de Jedrek lo era aún más. Mientras las mandíbulas del animal se acercaban al muchacho, Jedrek abatió con su espada la cabeza de este, matándolo en el acto. Ante este hecho, los otros dos walverats se escabulleron, gruñendo y mirando a Jedrek con malos ojos.

-¡Venid, pues!-dijo Jedrek sosteniendo a Neerwana frente a las criaturas que gruñían y pateaban el suelo. Este se preguntaba cuál de ellas le atacaría primero y si podría ocuparse de las dos, cuando de pronto un destello de luz salió de la espada que tenía en la mano.

Aquello asustó a los walverats y Jedrek pudo liquidar rápidamente a uno de ellos con un tajo de su espada. Sin embargo, mientras hacía esto, el otro walverat retrocedió y después dio un gran salto en el aire, pero en ese instante, Jedrek levantó a Neerwana, dejando a la terrible criatura atravesada por la espada mágica. Se produjo un frenético chasquido de su mandíbula y después llegó la quietud cuando la criatura cayó sin vida al suelo.

Jedrek tiró de la espada y observó a los tres walverats que yacían a sus pies. Eran criaturas enormes, por lo menos el doble de grandes que el perro más grande que había visto en su vida, que era casi como un burro pequeño con mandíbulas gigantes. Se estremeció al pensar en lo que podía haber ocurrido. Después miró la espada, que casi parecía hacerle un guiño.

-Gracias, querida amiga-dijo-Acabas de volver a salvarme la vida.

En ese instante Jedrek escuchó un movimiento detrás de él. Se giró con la espada preparada, pero después escuchó una voz desde el matorral.

-¡Eh, muchacho! ¡Tranquilo!

Jedrek miró en la penumbra del atardecer y observó a un hombre con un par de perros que entraban en el claro. Suspiró aliviado cuando se dio cuenta de que este probablemente era uno de los pastores que vivían por la zona.

El pastor miró con asombro a las tres terribles criaturas que yacían muertas y después miró a Jedrek.

-¿Tú...los mataste?-balbuceaba como un hombre en un sueño.

-Sí. Mi espada y yo-dijo Jedrek.

El hombre se arrodilló y examinó a los walverats, después se puso de pie y habló-¡Caramba! ¡No puedo creerlo! ¡Los mataste tú solo!-exclamó.

-Sí.

-Pero estos han causado estragos en el campo-dijo el hombre, mientras sus perros olfateaban los cuerpos de los walverats-Han matado a ovejas, a vacas y también a un par de hombres. Mañana íbamos a hacer una batida los pastores de por aquí para cazarlos. ¿Cómo conseguiste matarlos? Después de todo, con el debido respeto, todavía eres solo un muchacho.

Jedrek relató la historia de la pelea contra los walverats. El pastor dio un silbido.

-Tienes una espada extraordinaria, hijo-comentó-Después levantó la vista como si estuviese rezando en silencio-Nos has hecho a todos un gran y buen favor al librarnos de estas criaturas-el pastor tenía la sonrisa de un hombre bueno y honesto-Ahora, hijo, debes venir a casa conmigo ya que no podemos dejar que te quedes aquí esta noche. Mi casa está cerca. No es mucho, pero mi esposa y yo compartiremos lo que tenemos contigo-dijo.

Jedrek estaba agradecido por la oferta, pues se sentía muy débil por toda la agitación vivida. El pastor rodeó los hombros del muchacho con su brazo y le llevó hacia un sendero que cruzaba el bosque. Caminaron durante un cuarto de hora y llegaron hasta una pequeña casa que había en un claro. En la parte trasera de la casa, Jedrek pudo distinguir los prados y escuchó el sonido de las ovejas. El pastor abrió la puerta e hizo pasar a Jedrek a la casa, que estaba compuesta por una sola habitación en la esquina de la cual había un fuego encendido. Este presentó a Jedrek a su esposa y a su joven hijo.

-Este muchacho es un héroe-dijo-¡Ha matado a los walverats!

Aquello provocó que su esposa diese un grito ahogado de asombro y admiración. El niño estaba entusiasmado-¿Eso significa que puedo ir a jugar afuera otra vez? –preguntó.

-Supongo que sí-dijo su padre-Tendremos que darnos un tiempo para asegurarnos de que no haya más walverats por aquí-dio unas palmaditas en la cabeza de su hijo y se giró hacia su esposa-Ahora, buena mujer, ¿qué tenemos para comer?

Su esposa sacó una olla de caldo y un poco de pan grueso del que come la gente pobre. Estos charlaron y el pastor le pidió a Jedrek que repitiese a su familia la historia de cómo este mató a los walverats. Recibió tantas felicitaciones que se sintió bastante avergonzado.

-Eres un muchacho extraordinario-dijo el pastor al final de la velada-Pero mañana tenemos todos un largo día por delante, así que vayamos a dormir.

"Dormir" significaba tumbarse en el suelo con una esterilla de paja debajo. Pero Jedrek estaba bastante acostumbrado a esas cosas y durmió profundamente. Mientras se estaba quedando dormido, escuchó al pastor hablando entre murmullos con su esposa.

-¡Ese joven es extraordinario! ¡Y esas tres criaturas horribles acabaron todas muertas!- exclamó.

Jedrek sonrió, agradecido de haber sido una bendición no solo para este buen hombre, sino también para sus vecinos al librarles de estas terribles criaturas de las Tierras Oscuras. Dio unas palmaditas sobre la espada que tenía a su lado- Buenas noches, Neerwana-dijo.

CAPÍTULO 14
EL MAR

Por la mañana Jedrek se convirtió en una celebridad porque los vecinos del pastor llegaron para la caza de los walverats. Los habían visto muy cerca de su cabaña y se llevaron algunas ovejas. De modo que hubo un ambiente de alegría cuando el pastor les contó a sus vecinos que las terribles criaturas estaban muertas por que aquel muchacho acabó con ellas.

Los hombres vitorearon y dieron palmadas en la espalda a Jedrek.

-¿Cómo diablos lo hiciste, hijo?-preguntó un tipo corpulento-Yo solo no podría haberme enfrentado a uno de ellos.

-Debo confesar que no tenía muchas ganas

de venir hoy a esta cacería-dijo otro de los hombres-¡Pero ahora nos has ahorrado el problema y el peligro, joven valiente!

Como todos los hombres tenían curiosidad por saber cómo Jedrek había matado a las bestias, este tuvo que dar algunas explicaciones. Así que repasó la historia de cómo se había enfrentado a los walverats, pero sin mencionar las propiedades mágicas de la espada. Pensó que aquello podría llevar a que esa gente sencilla creyese que él era una especie de hechicero, y no quería que eso sucediese.

Tras desayunar con la familia Jedrek comenzó la siguiente etapa de su viaje. El pastor, junto a sus perros, acompañó a Jedrek hacia el camino.

-Por ahí abajo se va hacia el mar-dijo este-Te llevará un buen par de días de travesía llegar allí. Buena suerte, hijo. Sin duda nos has traído una buena fortuna matando a esas horribles criaturas. Ojalá pudieramos pagarte, pero me temo que somos gente pobre.

-No se preocupe, señor-dijo Jedrek-La comida que compartió conmigo fue suficiente.

Los dos se dieron la mano, y tras eso, Jedrek se alejó por el camino. Estaba muy contento de haber ayudado a esas personas buenas y honestas que conoció cuyas vidas estaban siendo arruinadas por los terribles walverats. Jedrek había escuchado que estos venían de las Tierras Oscuras, lugar donde no existía el bien. Pero se preguntaba cómo habían llegado a esta parte de Calvania.

Me pregunto si, ¿esto podría ser parte de algún tipo de complot?-pensó.

El sol brillaba mientras Jedrek se abría paso por la avenida de árboles y setos frondosos que se extendían a ambos lados del camino. Escuchaba el canto de los pájaros y el zumbido de los insectos, pero se perdía en sus propios pensamientos sobre su hermana prisionera. ¿Sería demasiado tarde? ¿Y si se despertaba antes de que él llegara? ¿Sería capaz de atravesar el fuego sin quemarse hasta la muerte? ¿Cómo se comportaría la espada contra los dragones? Después de todo, sabía que podía destrozar otras espadas y matar a los walverats. Pero, ¿qué pasaría con los dragones con sus escamas y su piel gruesa?

Jedrek caminaba con dificultad, absorto en sus pensamientos, con sus fuertes piernas salvando la distancia entre el mar y él. A estas alturas seguía preguntándose cosas sobre el barco. ¿Encontraría uno que le llevase hasta Campania? Por la forma en que indicaban el mapa y la piedra imán, pudo apreciar que para llegar allí tendría que cruzar el mar. Y como no sé nadar muy bien tendré que conseguir un barco-pensó.

Aquella noche durmió sobre un árbol y comió algunas bayas de un arbusto. Pero al día siguiente, cuando despertó, se sintió seguro al escuchar a las aves marinas. Y efectivamente, después de una hora de caminata divisó el mar a través de un valle en las colinas.

Jedrek nunca antes había visto el mar, así que se quedó mirándolo con asombro durante unos minutos. Después caminó decididamente por la ruta, pese a que en ese momento tenía mucha hambre, hasta que tras otra hora de paseo, el mar se extendió ante él. Miró el mapa y sostuvo la piedra imán sobre este. Señalaba un puerto en la orilla del mar. Jedrek levantó la vista, observó un letrero con un nombre, Cyrocuse, y supo que ese era el puerto en el que tendría que embarcar hacia la tierra de Campania.

Jedrek necesitó otra buena hora de caminata para llegar hasta Cyrocuse. Lo primero que vio allí fueron casas agrupadas en calles adoquinadas, y después, mientras caminaba, divisó los mástiles de los barcos y supo que estaba en el lugar correcto. Avanzó hacia el paseo marítimo y miró fijamente el mar frente a él.

Miró por el muelle y vio varios barcos atracados. Había marineros que se ocupaban de cargar y descargar los buques. Jedrek se preguntó cómo iba a embarcar rumbo a Campania cuando su estómago le recordó lo hambriento que estaba. Había una posada cerca del muelle, así que decidió gastar parte de su dinero en un buen desayuno. Y como supuso que habría marineros allí, resolvió que podría preguntar por los barcos que iban a Campania.

Se acercó a la posada y entró por la vieja puerta de roble, que parecía estar llena de agujeros donde algo como las flechas la había alcanzado en el pasado, sin que nadie hubiese tapado dichos huecos. La sala era bastante básica, con mesas y sillas de madera y una barra donde se servía cerveza. Jedrek de repente se dio cuenta, al entrar, de que se produjo un silencio brusco y todos los allí presentes le miraban fijamente.

Caminó hasta la barra, tras la cual estaba alguien que parecía ser un marinero anciano.

-¡Buenos días, joven extraño!-le dijo a Jedrek, mirándole a los ojos.

-Buenos días-dijo el muchacho-¿Estás sirviendo desayunos?

-Podría ser-respondió el anciano detrás de la barra, señalando con su cabeza gris hacia la puerta que conducía a la cocina-Le pediré a la cocinera que te prepare algo.

Fue hacia la puerta, la abrió y gritó "¡Desa-

yuno!", y después la cerró de nuevo. Jedrek esperaba que ese mensaje llegase a la cocina, aunque
el camarero parecía bastante tranquilo. Este se
acercó a un grifo gigante, llenó una jarra de cerveza y la colocó delante de Jedrek.

-¡Tómate esto, muchacho, mientras te tomas
la comida!-dijo.

Jedrek tomó un sorbo de cerveza y descubrió
que se le humedecían los ojos.

¡Debo comer algo consistente!-pensó, y se
dio cuenta de que necesitaba tomar algo de comida antes de beberse el resto de la jarra. Se
sentó a la mesa y miró a su alrededor. Era bastante temprano, de modo que la posada no estaba
tan concurrida como podría haber estado. Aun
así, alrededor del joven había rostros curtidos por
el clima que evidentemente eran marineros; esperaba que pudiesen decirle qué barco iba a
Campania. Pero, por más que preguntó, nadie
parecía saber de ningún barco que fuese allí.
Una mujer con cara de hacha (no sabía si era la
esposa del camarero o no) apareció con algo de
comida y se la dejó con el ceño fruncido, como si
la hubiese ofendido que le pidiesen que le aten-
diera. Pese a todo, pensó Jedrek, la comida estaba
buena y la cerveza era refrescante, aunque después se sintió un poco mareado. Y, sin duda,
cuando la posada se llenase de gente, se encon-

traría con alguien que le diría qué barcos iban a
Campania.

Pero una vez más Jedrek estaba condenado a
la decepción. La gente, casi todos marineros, iba
y venía, pero nadie podía decirle qué barco iba a
Campania. Algunas personas evidentemente co-
nocían el nombre del lugar, pero parecían tener
miedo y se despedían diciendo "¡No, muchacho!
¡No! ¡Allí no va ningún barco!". Incluso un hombre, de aspecto duro, dijo: "Ese es un lugar horrible según he oído. Dicen que está encantado.
¡No encontrarás barcos que vayan hasta allí,
joven! ".

CAPÍTULO 15
LA MUCHACHA

Tras un par de días quedándose en la posada y preguntando por ahí, Jedrek empezó a desesperarse por encontrar a alguien que le llevase hasta Campania. Entonces, mientras estaba sentado en una esquina del local sintiéndose abatido, y probablemente pareciéndolo, de pronto se dio cuenta de que alguien se había deslizado y sentado en la silla que estaba enfrente de él. La silueta tenía una capucha sobre la cabeza que ocultaba en parte el rostro de quienquiera que fuese. Jedrek la miró mientras esta se llevaba el dedo a los labios.

-¡Shhh! No me delates, por favor-dijo.

Jedrek se dio cuenta de que aquella era la voz de una chica. Observó el rostro bajo la capucha y pudo distinguir un par de ojos verdes muy bonitos y una nariz fina.

-¿Me están siguiendo?-preguntó ella en un susurro.

-No que yo vea-dijo Jedrek.

-Entonces debo haberles dado esquinazodijo, quitándose la capucha para dar paso al rostro más bonito que Jedrek consideró haber visto en su vida. Tenía el pelo largo y negro recogido en una cola de caballo y Jedrek supuso que debía ser más o menos de la misma edad que él (aunque este tenía poca experiencia con las chicas). Sin duda no iba vestida como una chica normal; llevaba puesta una blusa, un chaleco y unos pantalones, todos ellos holgados. De hecho, iba vestida más como un chico que como una chica. Aun así, a Jedrek le parecía increíblemente atractiva.

-¿Por qué estás aquí?-preguntó Jedrek-¿Quién eres tú?

-Mi nombre es Amara-dijo la muchacha-Me estoy escondiendo de los hombres que intentan secuestrarme.

-¿Qué? ¿Secuestrarte? ¿Por qué rayos iban a hacer eso?

-Ah-dijo arrugando su bonita nariz de una forma que Jedrek encontró irresistible-Soy una princesa y estoy huyendo de mis enemigos, que están intentando secuestrarme para obligarme a que me case con alguien a quien no amo.

-Eso es terrible-dijo Jedrek.

-Tengo sed y mucho calor-comentó la chica- Vamos a beber algo.

Jedrek llamó al camarero anciano y pidió dos jarras de cerveza. Mientras continuaban charlando, el muchacho se dio cuenta de que ella, sentada frente a él, seguía lanzando miradas nerviosas hacia la puerta, que se encontraba a su espalda.

-No te preocupes-dijo Jedrek mientras el camarero se acercaba con dos jarras de cerveza-¡Yo te protegeré!

-Eres muy amable, pero tengo mi espada.

-¿Una espada? ¿Y tú eres una chica?

Ella pareció un poco ofendida por la pregunta-De donde yo vengo las chicas son entrenadas para utilizar la espada-dijo con un movimiento desafiante de su cabeza.

-Lo siento-dijo Jedrek-Es que de donde yo vengo las chicas no aprenden a usar la espada en absoluto, solamente los chicos.

-Bueno, pues ya es hora de que lo hagan-dijo Amara poniendo una expresión de puchero que desarmó bastante a Jedrek-En estos tiempos una chica necesita defenderse sola.

-Eso parece-comentó Jedrek, aunque dudaba

que este tipo de muchacha pudiera defenderse bien contra un par de hombres como los que dijo que la perseguían.

-Pero cuéntame algo sobre ti-pidió ella, apoyando los codos y colocando su rostro entre las manos.

Ya sea por la vista del bonito rostro que ahora le había cautivado por completo, o por el hecho de que la cerveza que estaban tomando era bastante fuerte, lo cierto es que Jedrek ahora tenía las defensas totalmente bajas y eso le llevó a compartir cosas que quizá no debería haber contado. Así que le habló a la muchacha de su infancia, de cómo forjar una espada y del motivo de su viaje: intentaba llegar a la tierra de Campania para rescatar a su hermana.

Amara se inclinó hacia delante-¿Dijiste que hay mucho oro en este lugar?-susurró.

-Sí, pero está encantado-dijo Jedrek.

La muchacha se rio-No existe el oro encantado-dijo-Creo que alguien te contó una leyenda. Pero si buscas oro, tengo un barco que podría llevarte a Campania-comentó con una mirada astuta de sus bonitos ojos.

Jedrek se quedó boquiabierto-¿Tienes un barco?-preguntó.

-Claro-respondió la hermosa muchacha con los ojos brillantes-Está en el puerto. Tengo a dos hombres esperándome en una barca si consigo salir de aquí.

-Vámonos entonces-dijo el joven con entusiasmo. Dejó algo de dinero en la mesa por las bebidas que se tomaron y se levantó. Mientras lo hacía, advirtió que dos hombres fuertes entraban por la puerta trasera.

-¡Oh, no!-exclamó ella.

-¡Allí está!-gritó uno de los hombres-¡Agárrala!

La muchacha parecía asustada y no tenía escapatoria. Los dos hombres grandes bloqueaban el paso. Pero en ese momento Jedrek entró en acción.

-¡Dejadla en paz!-gritó.

-¿Y piensas que puedes obligarnos?-dijo el hombre poniendo cara de desprecio-¡Hazte a un lado o será peor para ti!

Este fue a apartar a Jedrek de su camino, pero de pronto se encontró volando por encima de la mesa cuando el muchacho le empujó violentamente. Aterrizó con un estruendo en el suelo, mientras los demás clientes que estaban allí presentes miraban la escena asombrados. El otro hombre recibió un trato parecido y además salió volando por la ventana rompiendo el cristal.

-¡Venga!-dijo Jedrek, tomando la mano de la muchacha y abriéndose paso hacia la puerta-¡Vámonos! Siento lo de la ventana-le dijo al anciano que estaba tras la barra, mirando con estupor los estragos que había provocado su joven huésped.

Estos corrieron hacia la puerta y salieron a la calle, pasando junto al hombre que acababa de salir despedido por la ventana y se hallaba mareado en el suelo.

-¡Por aquí!-dijo la muchacha, y avanzaron de la mano hacia el muelle, donde Jedrek vio que una barca con remos se balanceaba entre las olas, con dos hombres, evidentemente marineros, sentados en la misma-¡A la barca!-ordenó saltando dentro de esta.

Jedrek no estaba seguro de saltar, pero observó que ahora había una gran multitud de personas que los perseguían. Imaginando que no tenía otra alternativa que irse con esta hermosa muchacha que había conocido, saltó.

-Rápido, zarpemos-ordenó Amara. Los dos marineros empujaron los remos y la barca se alejó del muelle, dejando allí a la muchedumbre, entre quienes Jedrek pudo apreciar a los dos hombres con los que acababa de lidiar, que gritaban y agitaban los puños en el muelle.

-Llegas tarde, Princesa-dijo uno de los marineros-Nos estábamos preocupando mucho.

-Lo siento, Sam, pero me perseguían y tuve que esconderme.

-¡Pero está claro que te encontraron!

-Sí, aunque este buen joven peleó contra ellos y me salvó-dijo Amara, mirando victoriosa a Jedrek mientras movía la cabeza.

-Bien hecho, muchacho-dijo Sam mientras tiraba de los remos-¿Vienes con nosotros?

-Bueno, eso parece-comentó Jedrek-Ahora no tengo ninguna alternativa.

-No creerías lo fuerte que es y cómo lidió con esos hombres terribles que me perseguían-dijo Amara, mirando detrás de ella. Entonces se tapó la boca con la mano y soltó un pequeño grito-¡Oh, no! ¡Todavía nos persiguen!-exclamó.

CAPÍTULO 16
EL CAÑONERO

Jedrek miró hacia atrás y observó que un par de barcas que anteriormente estaban atracadas en el muro del puerto ahora iban detrás de ellos. Estas llevaban un buen ritmo y, con cuatro hombres remando en cada una, se acercaban a la barca de Jedrek y Amara.

-Remad con más fuerza-ordenó Amara-Nos están alcanzando.

-Remamos tan fuerte como podemos-dijo el otro hombre-¿Por qué quisiste ir a que te vieran?

-¡Oh, cállate, Albert!-dijo Amara algo acalorada-¡Rema fuerte o nos vamos todos a la horca!

¡La horca!-pensó Jedrek. ¿En qué se había metido al irse con esa chica? Creyó que la estaba salvando de ser secuestrada, pero ahora estaba hablando de ser ahorcada. ¿Quién era ella? Supuso que no se trataba solo de una princesa inocente y agraviada como pensaba.

-Mirad, ahí está nuestro barco-dijo Amara señalando un buque anclado a cierta distancia, cerca de la entrada al puerto-¡Remad, chicos, remad!

Jedrek volvió a mirar a las barcas que los perseguían. Se estaban acercando cada vez más. Dudaba que ellos mismos pudiesen llegar hasta el otro barco a tiempo. También sabía que si se producía una pelea y aterrizaba en el agua, ¡él no era un buen nadador!

-¡Eh, mirad!-gritó Amara-¡Lashmael está en el cañón!

Esta vez Jedrek miró en dirección al navío y pudo distinguir la silueta de un hombre alto y moreno que alineaba un cañón que estaba en la cubierta.

-Ese es Lashmael, nuestro cañonero-dijo la muchacha-Era el mejor cañonero de la marina hasta que se unió a nosotros. ¡Mira esto!-mientras hablaba se escuchó un rugido del cañón y Jedrek vio una bola de hierro volando sobre sus cabezas a gran velocidad, para después estrellarse contra el agua, entre ellos y la barca más cercana, con un gran chapoteo-Si quienes nos persiguen tienen algo de sensatez abandonarán ahora, salvo que quieran que Lashmael les haga daño de verdad-explicó la chica.

Pero las barcas perseguidoras siguieron avanzando hasta que se produjo un segundo rugido del cañón y otra bola pasó zumbando sobre sus cabezas y aterrizó justo delante de la primera barca que les seguía. Esta bola en realidad no golpeó a la barca, pero provocó una gran salpicadura y una ola que inundó la embarcación y arrojó a sus tripulantes al agua.

-¡Ja, ja! ¡Buen disparo, hombre!-gritó Amara, echando la cabeza hacia atrás y soltando carcajadas-¡Eres el mejor cañonero del mundo!-se puso de pie sobre la barca y gritó a los hombres que ahora estaban en el agua junto a la barca volcada-¿Queréis más, sucias sabandijas?

Para entonces, sin embargo, la otra barca que los perseguía viró para rescatar a los hombres que se encontraban en el agua, así que Amara agitó las manos para indicar al cañonero que no efectuase más disparos-No tiene sentido matarlos solo porque sí-dijo con expresión de puchero, mientras Jedrek se preguntaba en qué se había implicado-¡Llegad rápido al barco!-ordenó a Sam y a su compañero, que seguían tirando de los remos con evidente mala gana.

-¡Nunca hubiera sido necesario que Lashmael disparase el cañón si hubieses tenido más cuidado!-se quejó Sam-Ahora podríamos tener a toda la flota detrás de nosotros.

-Me he quedado sin aliento, Princesa-dijo su compañero, de quien Jedrek se dio cuenta ahora de que se llamaba Albert-Espero que su visita a la costa haya valido la pena.

-Puedes apostar que sí-dijo Amara con la mirada iluminada-Te lo contaré cuando estemos a bordo-después, mirando a los dos remeros de forma victoriosa, añadió: "¡No creeréis lo que tengo que deciros!".

En ese instante se estaban acercando al barco. Miraron detrás de ellos para observar la barca que les había perseguido, ahora cargada con el doble de pasajeros gracias a la habilidad de Lashmael con el cañón, que tras claudicar regresaban a la orilla. Mientras lo hacían, uno de los hombres que habían entrado en la posada se levantó y le gritó a Amara.

-¡Algún día te atraparemos, pequeña víbora!-dijo.

Amara se echó a reír-¡Cuando quieras otro chapuzón en el agua, sabandija! ¿Quieres que le diga a Lashmael que te meta otra ronda de balas por el trasero?-gritó.

El hombre agitó el puño ante la muchacha

que reía mientras el barco en el que se encontraba regresaba al muelle.

-Parece que todos ellos fueron rescatados-dijo Sam mientras se acercaban al barco-¡Subamos a bordo y esperemos que nuestra princesa no tenga más aventuras espeluznantes para nosotros!

-Ese será el día-dijo Albert, quitándose el sombrero y secándose la calva-Hace años perdí todo el pelo preocupándome por ella, la pequeña descarada-añadió mirando a Amara, quien hizo una expresión de puchero encantadora y le sacó la lengua. Y tras eso, los dos marineros y la princesa rompieron a reír. Jedrek también sonrió, más de alivio que de otra cosa. ¿Quién era esa extraña muchacha y a dónde le llevaría todo aquello?

CAPÍTULO 17
¡PIRATAS!

Del casco del barco colgaba una escalera de cuerda y Jedrek siguió a Amara mientras esta subía. Los dos marineros les siguieron. Jedrek miró por la cubierta y vio que el barco era bastante grande y que tenía dos mástiles. Advirtió que este estaba dotado de cañones y que, evidentemente, era un barco de combate. Pudo apreciar el cañón que había sido usado por el cañonero para evitar a las barcas que les perseguían porque este todavía humeaba.

La tripulación estaba allí para recibir a Amara. Una mujer anciana con el cabello largo y blanco y el rostro bastante arrugado se acercó bulliciosa y abrazó a la muchacha.

-Esto es una buena noticia, mi niña, mira que preocuparnos así a todos...-dijo besando a Amara en la mejilla.

-¡Oh, vamos, Ruby!-dijo Amara-¡Te preocupas demasiado!

-Tú también lo harías si fueras yo-comentó la anciana, a quien Jedrek tomó por Ruby-Tantas salidas a la costa sin avisarme...y puedes dejar de sonreír tontamente, señorita-añadió mientras Amara soltaba una risita infantil-¡No eres demasiado mayor para que te de un azote!

-Tal vez no sea demasiado mayor, pero sí demasiado grande, querida Ruby-dijo Amara con una sonrisa-Siento haberte preocupado. Pero todo ha salido bien-la muchacha le dio a la anciana un cariñoso beso en la mejilla y la dejó quejándose sola. Después fue hacia la silueta alta y morena, que no era otro que Lashmael el cañonero, a quien abrazó-Gracias, Lashmael-dijo con sus ojos verdes bailando-Fueron unos disparos maravillosos.

Fue bastante evidente que el gran y duro cañonero Lashmael había quedado ablandado por estas palabras-No hay de qué, Princesa-dijo con una sonrisa tímida-Siempre es un placer servirte.

Es curioso-pensó Jedrek-todos se dirigían a ella como "Princesa". ¿De qué era ella una princesa?-se preguntó. Al no vivir cerca del mar, no había conocido a ningún marinero antes, pero todos ellos parecían bastante duros y campechanos cuando abrazaron a Amara y después le dieron la mano a él con comentarios como "¡Bienvenido a bordo, muchacho!" o "¡Me alegro de que hayas rescatado a nuestra princesa!".

Un hombre grande y fuerte que llevaba puesto un sombrero marinero de tres picos se acercó. Por la forma en que se dirigían a él los demás hombres, Jedrek supuso que era el capitán del barco. Este miró a Amara y dijo, bastante serio: "Bueno Princesa, ya veo que te metiste en problemas".

-Sí, pero conseguí escaparme otra vez-dijo Amara con esa expresión de puchero típica suya.

-Gracias a que Lashmael es un buen cañonero. ¡No debes seguir corriendo tantos riesgos!-exclamó el capitán.

-¡Ah!-Amara sacudió la cabeza-Fue Jedrek quien me sacó de la posada. Deberías haber visto cómo arrojó a esos tipos-se rio-Uno de ellos salió directamente por la ventana. Así que logramos escapar.

-¡Bien hecho, muchacho!-dijo el capitán girándose hacia Jedrek-Estos aduaneros son un peligro, siempre andan metiendo las narices donde no les importa.

-¿Aduaneros?-dijo Jedrek. No sabía mucho sobre ellos, pero pensó que sonaban importantes.

-¿Conseguiste vender lo que te pedí?-preguntó el capitán, girándose hacia Amara.

-Claro-dijo la muchacha-Saqué un buen precio por eso también.

Buscó en su bolsillo, sacó una bolsa y extrajo algunas monedas de oro, colocándolas sobre su mano. Era más dinero del que Jedrek había visto nunca.

-¡Buena chica!-dijo el capitán riéndose-¡Ese dinero nos será más útil a nosotros que a esa condesa tonta! Supongo que no lo echará en falta con toda la riqueza que posee- este se giró hacia la tripulación-Bien muchachos, desplegad las velas. Será mejor que salgamos de aquí antes de que alguien más meta sus solemnes narices y tengamos que hundir su barco. ¡Ja, ja!

En ese momento la tripulación vitoreó y dio palmadas a Amara en la espalda. Los tripulantes levaron anclas y las velas se desplegaron con la brisa mientras el barco zarpaba del puerto a cierta velocidad. Jedrek nunca antes había estado en un barco y se encontraba fascinado al ver cómo la tierra se alejaba.

Pero también le preocupaba lo que Amara había estado hablando con el capitán. ¿Qué estaba pasando?

-Amara-le dijo a la muchacha cuando estaban en la cubierta y veían alejarse la tierra mientras los tripulantes estaban ocupados-¿de qué eres princesa?

-De esta tripulación de muchachos valientes-dijo-Ellos me adoptaron y me convirtieron en su princesa.

-¿Te adoptaron?

-Sí, me encontraron cuando era un bebé. Alguien me abandonó en el muelle cuando era pequeña y esa anciana, Ruby, me encontró. Así que ella me trajo a bordo.

-Qué curioso. A mí me pasó lo mismo-dijo Jedrek.

-Sí, claramente estábamos destinados a conocernos.

-Pero, ¿a qué se dedica este barco y su tripulación?-preguntó Jedrek-¿Qué estabas haciendo en la costa que provocó que te persiguieran? Ahora sé que no te iban a secuestrar.

-Bueno, así es-dijo la muchacha con una risita-Esos hombres me habrían llevado y metido en prisión, pero tú me salvaste, valiente-añadió, pestañeando hacia Jedrek.

Jedrek se dio cuenta de algo terrible-¿Entonces lo que estabas haciendo era ilegal?-preguntó.

-Bueno, algo así-dijo Amara-Pero en realidad

no es malo. Simplemente consiste en redistribuir la riqueza. Quitársela a los que la tienen y dársela a quienes no tienen nada. ¡Nosotros!-añadió con una risa.

-¿Eso significa que robas cosas?

-Solo a la gente que tiene demasiado. Quiero decir que, ¡no robaríamos a los pobres!

-¿Vosotros...vosotros...sois piratas?-preguntó Jedrek, tratando de contener su ira.

-Sí, podrías llamarlos así-dijo la muchacha-Y yo soy su princesa.

-¡Mentirosa! ¡Impostora! ¡Déjame salir de este barco!-el muchacho dio un respingo.

-No puedes bajarte-dijo Amara-No sabes nadar y no nos detendremos.

-¡Pero no quiero ser un pirata!

-No tienes que serlo. Puedes marcharte cuando encontremos el oro-dijo Amara-Convenceré al capitán para que nos lleve a Campania y tú puedas traer a tu hermana y nosotros conseguir el oro.

-Y tomaremos tu espada, hijo-comentó uno de los tripulantes, que claramente había escuchado parte de la conversación-Para que esté segura.

-No voy a dejarte a Neerwana. No insistas, marinero-dijo el muchacho.

El marinero, algo imprudente, intentó agarrar a Jedrek, pero de pronto se vio siendo arrojado hacia atrás a gran velocidad y chocando contra el mástil. El alboroto llevó a otros miembros de la tripulación a entrar en escena y estos rodearon a Jedrek.

-Entrega la espada, muchacho-dijo uno de los hombres, a quien Jedrek reconoció como Sam.

-¡Jedrek, no seas tonto!-dijo Amara.

-Bueno, venid a por ella-indicó Jedrek sacando a Neerwana de su vaina.

Tras estas palabras, tres de los piratas sacaron sus espadas y se acercaron al muchacho, con la intención clara de hacerle daño. Sin embargo, cuando las armas chocaron se produjo un gran destello de la espada mágica y los piratas retrocedieron tambaleándose con sus espadas rotas.

-¿Todavía la queréis?-gritó Jedrek.

-¡Esa espada está encantada!-dijo uno de los hombres.

-¡El muchacho es un mago!-exclamó otro de ellos.

-O algo peor-añadió un tercero.

Jedrek se quedó de pie frente a la tripulación durante un momento que pareció muy largo, pero en realidad fue solo un minuto. De repente, sonó una voz desde el puente de mando.

-Jedrek, tira la espada.

Este levantó la vista y vio a Amara en el puente de mando con un arco y una flecha apuntando hacia él.

-Tengo un disparo letal, Jedrek-dijo ella-Por favor, no me obligues a hacer esto. No quiero hacerte ningún daño y aquí nadie te lo hará si haces lo que te decimos.

Jedrek vaciló por un momento y después, al darse cuenta de que no podía hacer nada, dejó caer la espada sobre la cubierta. Aunque estaba realmente enfadado con Amara y así se lo hizo saber por la mirada que le echó.

-¡Eso es, muchacho!-dijo Sam, apresurándose a tomar la espada-¡Me llevaré esto! ¡Ahhhh!-este dio un grito y se quedó allí sosteniendo su mano-¡Esto está al rojo vivo!

Jedrek se rio-A la espada no le gusta que la toquen quienes no deben-dijo.

-¿Entonces está encantada de verdad?-preguntó el capitán.

-Algo así-respondió el muchacho.

-¿Qué haremos con él?-dijo el capitán-Él y sus malditos hechizos.

La tripulación lanzó sugerencias tales como:

-¡Ponedle grilletes!

-¡Que camine por la tabla!

-¡Colgadle de la verga!

-¡No haréis tal cosa, sabandijas!-gritó Amara con voz autoritaria-Soy vuestra princesa y os ordeno que nadie toque al muchacho. Me salvó la vida y me ayudó a escapar, no lo olvidéis.

Jedrek se quedó asombrado al observar cómo todos esos hombres duros daban un paso atrás ante las órdenes de aquella muchacha. Amara soltó el arco y se acercó a Jedrek, quien se apartó de ella.

-Mira, Jedrek-dijo de forma suplicante-lamento haberte metido en esto, pero la verdad es que ahora mismo ninguno de los dos tenemos otra opción-le puso la mano sobre el hombro-Venga, vamos a hablar con el capitán sobre lo que acordamos.

-Acepté antes de saber que erais piratas-replicó Jedrek con brusquedad.

-Sí, pero podemos ayudarte, ¡lo sé!

-Está bien-dijo Jedrek, pasándose la mano por el cabello-Pero voy a tomar a Neerwana. De lo contrario podría arder hasta hacer un agujero en la cubierta de vuestro aturdido barco.

-De acuerdo. Siempre que me des tu palabra de no usarla contra nosotros-dijo el capitán. Jedrek tomó la espada y la envainó. El capitán le puso la mano sobre el hombro-Vamos muchacho, charlemos un poco y tomemos una jarra de cerveza y algo de comida-soltó una carcajada-¡Tal vez descubras que no somos tan malos como crees!-este se abrió camino hacia su camarote, seguido por Jedrek y Amara.

CAPÍTULO 18
RUMBO A CAMPANIA

Aquella era, desde luego, la primera experiencia de Jedrek en el camarote de un barco. Pensó que este sería un poco estrecho, pero quitando eso no estaba mal. Tenía una mesa, algunas sillas y una cama para que el capitán durmiese. Después se enteró de que el resto de la tripulación (salvo Amara, que también tenía su propio camarote) debía conformarse con las hamacas. Jedrek también advirtió que el barco estaba bamboleándose sobre las olas todo el tiempo.

La anciana Ruby, que claramente era la cocinera del barco, trajo algo de comida y la dejó sobre la mesa, todavía quejándose para sus adentros-He criado a una muchacha temeraria-decía.

Por petición del capitán se sentaron a la mesa-Ahora bien-dijo este, ensartando un trozo de carne cocida-¿Qué es lo que tienes que contarme?

-Jedrek dice que está buscando a su hermana que ha sido secuestrada por un mago malvado-dijo Amara-Al menos eso es lo que afirma.

-¿Dónde?

-En la tierra de Campania-dijo Jedrek-Ella es mi hermana melliza y gobernaremos el territorio cuando la rescate y la despierte.

-¿Campania? He oído cosas sobre ese lugar-dijo el capitán.

-Sí, ¡y Amara me dijo que me llevaríais hasta allí!

-¿Que ella hizo QUÉ?-el capitán estalló, furioso.

-Venga-dijo Amara-Hay oro en esas tierras. Por eso el mago está reteniendo a su hermana. Si la rescatamos podremos conseguir el oro.

-¿Y jubilarnos? No es una mala idea-reflexionó el capitán-Pero, ¿cómo sabes que allí hay oro?

-La historia es bastante conocida por ahí-dijo Jedrek-El mago asesinó a mis padres y lanzó un hechizo sobre mi hermana y sobre el territorio. Toda la zona está dormida, pero él está esperando a que mi hermana se despierte para convertirse en rey y quedarse con el oro.

-Así que será mejor que lleguemos antes de que eso ocurra-dijo el capitán.

-El oro está encantado-advirtió Jedrek.

El capitán se inclinó hacia delante sobre la mesa-Escucha, muchacho-dijo con una mirada maliciosa-¡no existe oro tan encantado que un pirata como yo no pueda conseguir! Venga, vamos a decírselo a los muchachos-se levantó de la mesa.

Después subieron todos a la cubierta, donde la tripulación estaba reunida. Obviamente estos habían recibido sus raciones de comida de manos de la cocinera, ya que todos ellos estaban en distintas fases de comer y beber.

El capitán se puso de pie sobre el puente de mando-Muchachos, un poco de atención-dijo en voz alta para que todos le oyeran-Este joven quiere rescatar a su hermana que fue secuestrada en un territorio desconocido. En esas tierras hay oro, probablemente el suficiente para hacernos a todos más ricos de lo que nunca soñamos. Así que le he dicho que, para serle útiles, compañeros, iríamos hasta allí y le ayudaríamos a rescatar a su hermana para que nosotros pudiésemos conseguir el oro-explicó.

Se produjeron algunos murmullos de aprobación entre los tripulantes, hasta que uno de ellos lanzó una pregunta.

-¿Dónde está esa tierra, Capitán?

-En Campania.

Uno de los hombres tomó la palabra, moviendo la cabeza-He escuchado algunas cosas malas sobre ese territorio, Capitán. Además, ¿cómo llegamos hasta allí?-preguntó.

-Yo puedo llevaros-dijo Jedrek-Tengo un mapa con una piedra imán que señalará el camino.

-¡Muéstranosla!-pidió el marinero.

Jedrek buscó en su bolsa y sacó el mapa y la piedra imán. Hizo una seña al marinero para que fuese a verlo.

-Pero no aparece nada-dijo el marinero mirando el mapa.

-Sí aparece, pero solo yo puedo verlo-dijo Jedrek-Observa cuando sostenga la piedra imán sobre el mapa-tras esto, el muchacho sostuvo la piedra imán encima del plano. Esta dio vueltas antes de apuntar en una dirección que estaba a unos 30 grados de distancia del punto en el que se encontraban-Tenéis que ir en la dirección que marca la piedra imán-explicó.

-Esto es muy extraño-dijo el marinero-Pero

cosas más raras han sucedido. ¿Creéis que deberíamos confiar en este joven, muchachos?-preguntó a la tripulación.

-Yo respondo por él-dijo Amara-Es un muchacho honesto y me salvó. Le prometí que le llevaríamos a Campania, así que creo que se lo debemos-esta observó a los hombres duros con su mirada más victoriosa-Venga muchachos. Hay mucho oro en Campania. Todos los piratas quieren oro. ¿Quién está conmigo? ¿O sois todos unos cobardes?-preguntó.

De nuevo se produjo un murmullo entre los tripulantes. Entonces alguien habló:

-¡Yo estoy contigo, Princesa!

-¡Y yo!-dijo otro de los hombres.

-¡Sí, yo también!

-¡Cuenta conmigo, Princesa!

-¡Y conmigo!

Jedrek parecía sorprendido. Todos levantaban la mano en ese lugar ante la palabra de una muchacha. Estaba claro que ella tenía poder de convicción.

-¿Tengo razón, entonces?-preguntó Amara-¿Vamos a Campania y conseguimos ese oro como hacen los buenos piratas?

Un gran grito de "¡SÍ!" estalló entre la tripulación y también muchos vítores.

-Está bien-dijo Amara-¡Izad la bandera!

Y mientras Jedrek miraba asombrado, se levantó la bandera de la calavera y las tibias cruzadas ante los aplausos de la tripulación.

-Prepárate, muchacho-le dijo el capitán a Jedrek-¡Nos vamos a Campania!

CAPÍTULO 19
LA PRINCESA AMARA

El barco navegó durante varios días con el timonel siguiendo el camino que marcaba la piedra imán mágica sobre el mapa de Jedrek. El joven, por supuesto, no estaba acostumbrado a navegar, y cuando toparon con un clima duro que sacudió el barco, este se encontró bastante mareado. Pero entonces, un viejo marinero le dijo con alegría: "¡Ja, ja! ¡Tienes que aprender a mantener el equilibrio sobre un barco, muchacho!". Jedrek, sin embargo, no se sintió nada bien cuando se apoyó en la borda del barco y vomitó sobre el agua.

Amara parecía comprensiva, pero en el fondo le divertía el hecho de que este muchacho fuerte que la había salvado de un par de hombres grandotes hubiese sucumbido al mareo. Un poco de la superioridad femenina que desarrolló durante sus años en el mar con los piratas le decía que claramente las chicas eran más duras que los chicos. Pero ella hizo todo lo posible para consolar a su nuevo amigo, que yacía allí quejándose. Y durante el tiempo que pasaron juntos, se pusieron al día con las historias de la vida del otro. Jedrek le contó a Amara lo que no le dio tiempo a decirle durante su conversación en la posada, pero después le pidio a esta que diese explicaciones.

-Venga, impostora-dijo-Sé que no eras una princesa a punto de ser secuestrada. Así que, ¿quién eres?

Amara se sonrojó un poco. No es que estuviese terriblemente avergonzada de su engaño en la posada. Pensó que fue una mentira necesaria para salir de un apuro. Pero la total honestidad de Jedrek (y que, al vivir con piratas, la chica no había conocido demasiada honestidad) la hizo sentir un poco culpable por lo que había hecho. Además, le gustaba bastante este joven que había aparecido inesperadamente en su vida y disfrutaba pasando el tiempo y hablando con él.

-Bueno-dijo lentamente-dicen que fui abandonada cuando era un bebé. Alguien me puso en una cesta y me dejó en el muelle, detrás de un montón de barriles.

-¿Quién rayos haría eso?-musitó Jedrek.

-La verdad, no lo sé-dijo la muchacha-De todos modos, yo debía tener hambre o algo así porque empecé a llorar y me oyó la mujer que cocina a bordo de este barco.

-¿La anciana Ruby?

-Sí, pero por entonces ella no era tan mayor. Me encontró, aunque no sabía quién me había dejado allí-dijo Amara-Pero con la cesta venía una nota que ella leyó.

-Ah, ¿entonces sabe leer?

-Oh, sí. En algún momento trabajó como secretaria de algún tipo.

-¿Y cómo llegó a acabar así, rodeada de un montón de piratas?

-Fue muy romántico-explicó Amara-Parece ser que huyó con un marinero que resultó ser un pirata.

-¿Y qué pasó con él?

-Lamentablemente se ahogó en el mar, pero ella se quedó como cocinera del barco y todavía sigue aquí.

-Vale-dijo Jedrek-¿Pero qué decía la nota?

-Decía: "Por favor, cuida de mi adorable bebé". Eso es todo.

-¡Hala! ¿Y lo hizo?-preguntó el chico.

-Sí-Amara asintió con la cabeza-Ella nunca tuvo hijos propios, así que me crió.

-Es muy extraño, ya sabes-dijo Jedrek, que ahora se sentía mucho mejor-Eso es muy parecido a lo que me pasó a mí.

-Bueno-dijo la chica, con una sonrisa encantadora-como dije anteriormente, estaba claro que teníamos que conocernos.

En ese momento se abrió la puerta y Ruby entró con un par de cuencos.

-Tómate esta sopa, jovencito. Te sentirás mejor-dijo la señora.

-Gracias Ruby-dijo Amara- Eres todo un encanto.

-Bueno, tengo que vigilaros, jóvenes-comentó la anciana lanzando una mirada intensa a Jedrek-No se te ocurra hacerle nada a mi chica-advirtió, con unos ojos que podrían haberle marchitado.

-No te preocupes, Ruby-dijo Amara, con los hoyuelos asomando en sus mejillas-Primero tenemos que encontrar a su hermana.

-Parece un camino muy largo para encontrar a una muchacha-se quejó Ruby.

-Pero después tendrás a dos chicas-dijo Amara riéndose-Piénsalo: dos de nosotras de las que preocuparte.

-¡Cielo santo!-exclamó Ruby, levantando su

rostro arrugado hacia el techo-¡Imagínate a dos personas como tú huyendo sobre tierra y siendo perseguidas por aduaneros!-rodeó a Amara con el brazo-No olvides lo mucho que significas para la vieja Ruby-dijo mirando a los ojos de la chica.

-No lo haré-prometió la muchacha mientras se abrazaba con la anciana y le guiñaba un ojo a Jedrek, que sonreía.

-Mi querida Ruby-dijo Amara cuando la anciana se había marchado-Se sorprenderá cuando conozca tu historia.

-No tiene importancia-comentó Jedrek, sorbiendo su sopa-¿Por qué te llaman "Princesa"?

-Bueno, la historia cuenta que cuando Ruby me subió a bordo enseñó la nota a la tripulación y estos decidieron que sería bueno tener a su propia princesa. Piensan que tengo sangre real, así que me llaman "Princesa".

-¿Una princesa pirata?-preguntó Jedrek con una mueca-Entonces, ¿cómo te va entre todos esos hombres rudos?

-¡Ah, bien!-contestó Amara riendo-Me echan a perder. Puede que sean piratas, pero no son del todo malos y han sido muy amables conmigo.

-¿Pero por qué son piratas si no son del todo malos?

-Porque muchos de ellos tuvieron un mal comienzo en la vida. Se criaron en la pobreza o fueron despojados de sus tierras por la gente rica. Eso es lo que le sucedió al capitán.

-¿Cómo?

-Su familia estaba formada por granjeros, pero un señor vil y codicioso llegó y se apoderó de sus tierras, así que este huyó al mar para convertirse en pirata y poder robar a los ricos que le habían robado a su familia y a él.

-¡Hala! ¡Eso suena muy romántico!-admitió Jedrek.

-Soy como una hija para él, ¡y para el resto de la tripulación, de verdad!-sonrió la muchacha-Es bonito tener una familia.

-Entonces, ¿por qué te mandó a vender esas cosas y que te arriesgases a que te atraparan?

-Pensé que yo tenía más posibilidades de venderlas sin que me capturasen, así que me llevé a Sam y Albert y nos fuimos a tierra firme. Desgraciadamente uno de esos aduaneros me vio. Ahí es donde entraste tú, mi héroe y mi salvador-dijo Amara pestañeando hacia él de una forma que hizo que las rodillas de Jedrek flaqueasen. Este observó a la muchacha sonriente que estaba enfrente de él. No solo era muy guapa, también tenía una picardía y una vivacidad que le parecían irresistibles. Jedrek había oído historias sobre estar enamorado y temía que con esta chica le estuviera pasando eso. Pensó que sería mejor que se controlara, porque su razón para estar allí era rescatar a su hermana, no cortejar a las princesas piratas.

CAPÍTULO 20
EL ATAQUE DE LOS VOLKERS

Pasaron algunos días sin que se produjeran demasiados incidentes. Jedrek llegó a conocer a los miembros de la tripulación y descubrió que, después de todo, no eran tan malos como él se temía. De hecho, estaban empezando a caerle bien, pese a que se dio cuenta de que nunca podría participar en lo que hacían, incluso aunque ellos estuviesen, como protestaban, injustamente tratados por la vida.

Sin embargo, sobre todo pasó mucho tiempo hablando con Amara. Descubrió que, a pesar de sí mismo, le estaba tomando mucho cariño a la muchacha. No obstante, todo el tiempo una voz dentro de él le decía: "¡Cuidado, muchacho!

Tienes una misión que realizar. ¡No te dejes engañar!".

Entonces, un día, cuando este estaba bajo cubierta, llegó Amara y golpeó la puerta de su camarote-¡Jedrek! ¡Se acerca un barco enemigo y parece que va a atacarnos! El capitán ha ordenado que estemos todos en la cubierta-dijo.

Ahora, sin estar familiarizado con el término "todos en la cubierta", Jedrek se preguntó qué quiso decir ella. De todos modos, salió de su camarote y corrió escaleras arriba detrás de Amara. Cuando llegó a la cubierta vio a Lashmael preparando el cañón y a toda la tripulación vigilando el mar, con expresión de preocupación en sus rostros. El capitán miraba a través de su catalejo lo que a Jedrek le pareció una especie de barco que venía hacia ellos a lo lejos.

El capitán bajó el catalejo-Está bien, muchachos. Tenemos que prepararnos para un poco de acción. Parece que ellos tienen malas intenciones-dijo.

-¿Quiénes son "ellos"?-preguntó Jedrek a Amara en un susurro para no parecer un ignorante.

-Son los Volkers-dijo Amara-Esto es algo muy malo.

-¿Por qué? ¿Quiénes son los Volkers?

-Son traficantes de esclavos de las Tierras

Oscuras, según tengo entendido-explicó Amara-Pertenecen a una raza de mestizos: espíritus que habitan en los cuerpos de los muertos. Capturan personas y las venden como esclavas a las Tierras Oscuras.

-¿Cómo demonios pueden existir cosas así?-Jedrek se quedó sin aliento-¿Pero qué quieren de nosotros?

-No lo sé, pero el capitán dice que vienen hacia aquí, así que podríamos tener que entrar en acción. Se sabe que ellos atacan a otros barcos solo para robar la embarcación.

-¿Y también para convertir a los tripulantes en esclavos?

-Supongo que sí-dijo Amara levantando la barbilla de forma desafiante. Golpeó su espada con la mano-Pero si me quieren, lo único que conseguirán de mí es mi cadáver.

-Y el mío también-dijo Jedrek con la mano en la empuñadura de Neerwana. Este ahora estaba enfadado por la existencia de tanta maldad.

-¿No podemos dejarles atrás, Capitán?-preguntó uno de los tripulantes.

-No, según está el viento no-dijo el capitán-Su barco es más rápido y está mejor equipado. Y vienen directamente hacia nosotros. Será mejor atacar, eso no se lo esperan. Probablemente piensen que nuestro barco es mercantil. Pero dejemos que lo crean-sonrió. Después miró a Jedrek-¿Estás con nosotros, hijo?

-Sí, por ahora, Capitán-dijo Jedrek.

-Bien, muchacho. Démosle un buen uso a tu espada mágica. Este es el plan: nos esconderemos todos para que crean que no hay nadie a bordo. Mientras tanto, tú te deslizas por el otro lado de su barco y causas estragos. Será entonces cuando les sorprendamos.

Amara tomó la palabra-Yo iré con Jedrek-dijo.

-¿Qué?-dijo el capitán-No, esto es un trabajo de hombres. Quédate bajo cubierta.

Amara se sonrojó; Jedrek pudo apreciar cómo la ira crecía en su hermoso rostro.

-Mira, Capitán-dijo ella-soy tan buena con la espada como la mayoría de tus hombres y tengo un buen disparo con el arco y la flecha. Y en cualquier caso-Amara se puso las manos en las caderas e hizo expresión de puchero, gritando furiosa-¡Aquí la princesa soy yo y tomaré las decisiones sobre mis actos!

El capitán la miró con dureza y después se rio-Está bien, muchacha-dijo. Este hizo una gran reverencia burlona-Como desee su alteza. Pero no vayas a que te maten. Te echaríamos de menos en este barco.

El capitán se giró después hacia la tripulación-Entonces, muchachos, nos esconderemos todos y les soprenderemos-dijo-Lashmael, prepara el cañón y lo ocultas bajo la lona, junto a ti. No dispares hasta que les sorprendamos.

-¡Sí, sí, Capitán!-dijo Lashmael, que se ocupó de poner a punto el cañón y esconderlo. Su silueta bastante grande también desapareció bajo la lona.

El capitán miró a Jedrek-Cuando escuches el cañón, ¡adelante!-dijo.

-¡Sí, sí, capitán!-dijo Jedrek, con un gesto de respeto como los que hacían los demás tripulantes. Todo el tiempo estuvo observando cómo se acercaba el barco enemigo.

-Vamos antes de que nos vean-dijo Amara.

Jedrek la siguió hasta el otro lado del barco, donde Sam y Albert tenían preparada la barca con remos. El muchacho puso la mano en la empuñadura de la espada y sintió que esta comenzaba a vibrar como si estuviese lista para entrar en acción-Vamos, vieja amiga-dijo-Creo que te necesitan.

CAPÍTULO 21
LUCHANDO CONTRA LOS DEMONIOS

La tripulación bajó la barca hasta el agua y Sam, Jedrek y Amara se subieron en esta. Para entonces, el barco Volker estaba casi junto a ellos, así que Sam comenzó a remar hasta el otro lado. Cuando pasaron por la popa de su propio barco, vieron que los Volkers habían arrojado garfios de agarre al barco pirata y lo estaban arrastrando. Al llegar al otro lado del barco Volker, miraron hacia arriba y vieron una criatura espantosa con el pelo largo y blanco y una barba desaliñada. Su rostro era de un color blanco pálido y este les observaba desde el lateral del barco. Jedrek se preguntaba qué hacer cuando Amara lanzó una flecha con su arco y alcanzó a aquella criatura en el pecho. Este ser dio un grito y Jedrek esperaba verlo caer al agua, pero en vez de eso, desapareció.

-¡Se ha esfumado!-exclamó Jedrek, asombrado.

-Eso es lo que sucede cuando los matas, según tengo entendido-susurró Sam-El espíritu abandona el cuerpo, que se convierte en polvo.

-Intentémoslo con alguno más-dijo Jedrek lanzando un garfio de agarre atado a una cuerda-Cúbreme, Amara-pidió mientras comenzaba a subir por la cuerda.

-No te olvides de esperar el disparo del cañón o lo arruinarás todo-dijo Amara.

-¡Sí, sí, señora!-dijo el muchacho mientras subía por la cuerda. Cuando llegó arriba observó a la tripulación siniestra que se agolpaba en la borda lejana de la embarcación, mirando lo que parecía ser un barco pirata vacío. Estos parecían un grupo de ancianos con rostros pálidos que estaban teñidos de color verde. Sus cabellos y barbas eran grises y cubrían no solo sus cabezas sino también la mayor parte de sus rostros. Pero lo que más le llamó la atención a Jedrek fue lo malvados que parecían todos ellos, y tuvo que reprimir un escalofrío al verlos.

Otro garfio de agarre apareció y Amara trepó por la cuerda.

-¡Agh! ¿A que son horribles?-susurró.

-¡Shh! Espera a la señal-dijo Jedrek.

De repente, el cañón del barco pirata se disparó con un rugido, dispersando a los Volkers que estaban delante y dejando algunos montones de polvo. Jedrek y Amara se agacharon cuando la bala de cañón voló sobre sus cabezas.

-Esa es la señal de Lashmael-dijo Jedrek-¡Vamos!

Jedrek y Amara saltaron a la cubierta y sacaron sus espadas mientras, con un grito, sus compañeros de tripulación hacían lo mismo. Viéndose atrapados en el movimiento de pinza de la emboscada pirata, algunos miembros de la tripulación fantasmal se lanzaron a por Jedrek y Amara con espadas largas y curvas. Cuando le alcanzaron, Jedrek balanceó a Neerwana y se produjo un gran destello al chocar su espada con la de ellos. El muchacho se tambaleó hacia atrás listo para defenderse, pero se dio cuenta de que no había nadie frente a él. El enemigo había sido reducido a montones de polvo.

Así que el mal no puede hacer frente a esta espada-se dijo Jedrek a sí mismo, recordando lo que le había contado el viejo profeta.

De repente se escuchó un grito de Amara. Jedrek levantó la vista y vio que dos Volkers la habían acorralado contra el puente de mando del barco. Sin duda la muchacha era buena con la espada, ya que se las arreglaba para defenderse de dos de los demonios que se acercaron a ella con sus armas largas y curvas. Aunque dudaba que pudiese aguantar mucho más tiempo.

Jedrek saltó y balanceó a Neerwana y lo único que quedó de los dos Volkers fueron dos montones de polvo que se llevó la brisa.

-¡Oh, mi héroe!-dijo Amara. La muchacha le abrazó y le besó. Era la primera vez en su vida que una chica le besaba y Jedrek, pese a estar algo sorprendido por la muestra de afecto, descubrió que le gustaba. Así que abrazó a la princesa pirata y le devolvió el beso. Sin embargo, su alegría pronto se convirtió en vergüenza cuando se encontraron rodeados por un grupo de piratas que vitoreaban. Por lo visto, el destello de Neerwana había asustado tanto a la mayoría de los Volkers que estos se alarmaron, saltaron por la borda y trataron de nadar desesperadamente. Los piratas se habían ocupado fácilmente del resto; todo lo que quedaba de ellos eran algunas manchas de polvo.

-Bueno, hijo, parece que nuestro plan ha funcionado. Y tenemos que darte las gracias por salvar a nuestra princesa-dijo el capitán-Pero, ¡parece que ella ya ha encontrado una forma de agradecértelo!-comentó con una gran sonrisa.

Ante esto, Jedrek y Amara se ruborizaron

bastante pero siguieron abrazados mientras la tripulación los animaba otra vez. En ese instante escucharon unos golpes que provenían de debajo de la cubierta.

-Vosotros dos, id a ver qué es eso-ordenó el capitán, y Jedrek y Amara bajaron. Lo que encontraron les horrorizó: era una jaula de metal con un grupo de niños dentro. Había tres niñas y dos niños por lo que alcanzaron a ver, pero era difícil de saber porque estos estaban muy delgados y parecían bastante descuidados.

-¿Quiénes sois vosotros?-preguntó Amara.

Los niños se apretujaron en la jaula, asustados. Entonces uno de ellos tomó la palabra:

-Nos tenían aquí encerrados y nos iban a vender-dijo.

-¡Qué malvados!-resolló Amara-¿Cómo vamos a sacarlos de ahí?-preguntó, mirando el candado robusto de la jaula.

-Diciéndoles a los niños que se aparten y se tapen los ojos-dijo Jedrek sacando a Neerwana. Cuando vio que todos ellos tenían los ojos bien tapados, apuntó con la espada y le dio al candado un gran golpe. Se produjo un destello y tanto el candado como la jaula entera se desintegraron, dejando a los niños ahí, asombrados.

-Ya veo que tu espada libera a la gente-dijo Amara con admiración, agarrándole el brazo a

Jedrek. Este sintió una punzada, ¿sería de eso que llamaban amor? ¿Amor por una chica pirata? ¿Cómo podía ser?, se preguntó. Pero, al igual que Amara, se dio cuenta de que lo primero que tenía que hacer era ocuparse de estos pobres niños.

Los llevaron a cubierta y quién sino la buena de Ruby estaba allí. Sus ojos se iluminaron cuando vio a los niños.

-Vamos, queridos-dijo la anciana-He cuidado de gente como vosotros anteriormente. Creo que os vendrá bien un poco de la buena sopa de Ruby en el estómago. En ese caso, Sam, Albert, dejad de mirar y sacad a estos pobres niños de este maldito buque y subidlos a nuestro barco-ordenó. Los dos hombres obedecieron sumisamente y los niños fueron acompañados por su nueva niñera.

-Mi querida Ruby-dijo Amara-Es muy bruta pero tiene un corazón de oro. Lo sé por experiencia. Será una madre maravillosa para esos niños.

-Entonces, ¿qué vamos a hacer con este barco, Capitán?-preguntó su primer oficial-¿Lo remolcamos y lo vendemos?

-¡Jamás!-dijo el capitán-Este barco está maldito con esos horribles Volkers que han estado a bordo. No se sabe cuánta mala suerte podría traernos a nosotros o a alguien más. Busca por si hubiese un tesoro y después le pediremos a Lashmael que le haga una tumba de agua.

El registro del barco sí reveló la existencia de un cofre de oro. En este había monedas y joyas que valían una buena fortuna.

-Supongo que ya no es necesario que vayamos a buscar oro a esa tierra de Campania, Capitán-dijo el primer oficial-Aquí tenemos una fortuna considerable.

Amara se ofendió-¡Escucha, sabandija! Este chico acaba de ayudarte-dijo, señalando a Jedrek-para derrotar a los Volkers que iban a esclavizarte. Si no fuera por él, podrías haber acabado en este barco como un esclavo. Le dimos nuestra palabra, ¿verdad, Capitán, de que le llevaríamos hasta Campania? Salvo que, ¡seas demasiado cobarde!-dijo metiendo el dedo en el pecho del primer oficial.

Este la miró intensamente y después su rostro se iluminó con una sonrisa-Está bien, Princesa-dijo-Es que, ¿quién puede oponerse a su alteza con esa cara bonita? De todos modos, quizá un poco de aventura sea más gratificante que la pipa y las zapatillas-se giró hacia la tripulación-Le llevaremos hasta allí, ¿verdad, muchachos?-y tras sus palabras se escuchó una ovación de los tripulantes y el primer oficial besó la bonita mano de Amara.

-Capitán, aquí abajo hay un almacén entero lleno de pólvora-dijo Sam subiendo a cubierta.

-Bueno, eso nos ahorrará balas de cañón-dijo el capitán-Preparemos las mechas y saquemos a todo el mundo de este barco. Lo haremos explotar. Sam, Alfred, encended las mechas.

-Nosotros las encenderemos-dijo Amara-Después regresaremos con Sam y Alfred en la barca.

Los piratas se retiraron otra vez a su barco mientras Jedrek y Amara ayudaban a Sam y Alfred a encender las mechas para incendiar la pólvora que estaba bajo la cubierta.

-Asegúrate de que la mecha sea lo bastante larga-dijo Sam-No queremos volar en pedazos con el barco.

-No te preocupes-dijo la princesa-Tendremos suficiente tiempo. Ahora vosotros dos corred, subid a la barca y esperadnos. Estaremos con vosotros tan pronto como se enciendan las mechas, será entonces cuando podamos escapar rápidamente.

Si Jedrek estaba desconcertado por aquello, rápidamente se iluminó. Tan pronto como Sam y Alfred desaparecieron por el lateral del barco, Amara le rodeó con sus brazos, le miró a los ojos y dijo: "Jedrek, nunca antes había sentido esto por nadie. Creo que te quiero".

Jedrek observó a preciosa chica que estaba frente a él y se sintió abrumado-Creo que yo también te quiero, Amara-dijo.

-Bueno, ¿entonces no me vas a besar?-ella puso una expresión de puchero-Lo sabía, Ruby me lo dijo.

-Es que nunca antes había besado a una chica-dijo Jedrek-Quiero decir...hasta que tú me besaste.

-Siempre hay una primera vez-dijo la princesa pirata y le plantó un beso en los labios-Ya está, ¿te ha gustado?

-Mucho-dijo Jedrek-Dame otro-y se volvieron a besar varias veces.

-Mira, mejora con la práctica-dijo Amara, plantando otro beso en sus labios.

De repente se escuchó un grito procedente de la barca que estaba en el agua.

-¡Eh, vosotros dos! ¿Venís o qué? ¡No tenemos todo el día!

Amara soltó una risita-Mejor hagamos lo que nos dicen-comentó. Encendió la chispa y prendió la mecha, que siseó y chisporroteó mientras recorría la cubierta, avanzando hacia la pólvora que se encontraba bajo cubierta-Vamos, démonos prisa-dijo.

Estos subieron al lateral del barco y descendieron por la cuerda hasta la barca. Sam y Alfred les esperaban inquietos.

-Nunca había visto a nadie tardar tanto tiempo en encender una mecha-protestó Sam mientras su compañero y él tiraban con fuerza de los remos-¿Qué más estabais haciendo allí?-preguntó. Pero, como respuesta a eso, Jedrek y Amara simplemente apartaron la mirada.

Con el remo enérgico de Sam y Alfred, la barca pronto se alejó del barco maldito. Tras unos minutos, Amara dijo: "Debería ser ahora". Un instante después, una gran explosión a bordo esparció las maderas y vieron cómo el barco desaparecía bajo las olas. La barca de remos se tambaleó en la estela que quedó y Jedrek se preocupó durante un minuto por si esta volcaba y acababan todos ellos en el agua. Pero Sam y Alfred eran marineros experimentados y estabilizaron la barca en el agua mientras las olas la rodeaban.

Cuando llegaron al barco pirata, Sam metió los remos en la barca y, apoyándose en estos, miró atentamente a Amara y a Jedrek.

-¿Y qué estabais haciendo vosotros dos, jóvenes, tardando tanto tiempo para encender una mecha?-preguntó. La pareja se puso bastante colorada cuando este se giró hacia Alfred con un guiño de complicidad-¡Creo que esa no fue la única mecha que se encendió!-dijo.

-Oh, cállate, Sam-dijo Amara, tratando de ocultar su vergüenza-Subamos a bordo.

-No puedes engañar a un viejo lobo de mar, señorita-dijo Sam.

-Claro que no-añadió Alfred.

-¡Sí!-dijo Amara, haciéndoles una mueca mientra subía a bordo. Jedrek observó su delgada silueta que ascendía ágilmente y recordó las palabras del anciano profeta: "Durante tu viaje a Campania conocerás a un enemigo que se convertirá en un aliado muy cercano".

Sin duda tiene sentido-reflexionó-El anciano realmente sabe de lo que habla.

CAPÍTULO 22
EL BOSQUE OSCURO

Durante los siguientes días de navegación, Jedrek y Amara pasaron mucho tiempo haciéndose compañía uno al otro. Finalmente Jedrek admitió que estaba totalmente enamorado de esta joven y se alegró de que ella pareciese sentir lo mismo por él. Estos también pasaron algún tiempo jugando con los niños que habían subido a bordo, sobre todo cuando Ruby se encontraba cocinando y no tenía tiempo para vigilarlos.

Algo que disfrutaban los niños era escuchar a ambos jóvenes contando sus aventuras. Les encantaba que Jedrek les relatara cosas sobre su espada e historias de valentía vividas junto a esta. Y siempre se reían cuando Amara les contaba cómo Jedrek la había salvado en la posada cuando los aduaneros la perseguían.

-¡Dios mío! Deberías llevarnos contigo a vivir algunas aventuras-dijo uno de los niños, que se llamaba Nano.

-Sí-dijo otro de ellos, que se hacía llamar Calif-Sería muy emocionante.

-¿Prometes que nos llevarás a una?-preguntó Marsha, la niña de cabello pelirrojo.

-No sé qué decir-Jedrek sonrió-Sería peligroso para vosotros. Además, la vida pronto nos brinda sus propias aventuras sin tener que salir a buscarlas.

Este no sabía lo pronto que se convertiría en realidad esa predicción en concreto.

El barco había estado navegando durante bastante tiempo y, con toda la agitación que Amara provocó, no había podido comprar provisiones en Cyrocuse, así que necesitaban víveres frescos como fruta y agua. De modo que cuando divisaron una isla en el horizonte la tripulación se animó. La isla tenía vegetación verde, lo que indicaba que había agua dulce, por lo que el capitán decidió mandar un grupo a tierra.

Jedrek y Amara estaban dispuestos a ir a tierra, pero también lo estaban tres de los niños. Estos les suplicaron a los dos jóvenes que les dejasen ir con ellos.

-Oh, por favor, déjanos ir-dijo Nano suplicando con sus ojos grandes.

-Sí, estamos todos encerrados en el barco-dijo Calif.

-Y podríamos vivir una aventura sobre tierra-dijo Marsha.

-¡Oh, está bien!-Jedrek finalmente cedió-Pero aseguraos de estar todos cerca de nosotros. En esta isla pueden existir peligros que desconocemos.

Un destacamento de la tripulación desembarcó en la isla para buscar agua mientras Amara convenció a los fieles Sam y Alfred para que llevasen a Jedrek,

a los niños y a ella misma a tierra.

-Ten cuidado, Princesa-dijo Sam mientras varaba la barca-Con ellos, los niños, simplemente no sabes lo que te vas a encontrar.

-No te preocupes-comentó Amara-Jedrek tiene su espada.

-Espero que no la necesite-dijo Alfred con tristeza-Odiaría que te sucediese algo.

Amara sonrió cuando pisaron la arena. Decidieron explorar un poco el lugar mientras Sam y Alfred descansaban en la playa tomando el sol.

El pequeño grupo partió por lo que parecía ser una especie de camino que conducía a un bosque. Los árboles eran de un precioso tono marrón con hojas verdes y marrones que parecían brillar al sol.

Es casi como si estuvieran vivos-pensó Jedrek. Según se adentraban más en el bosque, los árboles parecían acercarse unos a otros y las hojas de arriba eran más y más espesas, por lo que tapaban la mayor parte de la luz del sol.

-Está oscureciendo-dijo Amara-No me gusta la sensación que transmite este lugar. Regresemos.

Mientras la muchacha hablaba, Marsha soltó un pequeño chillido-¡Oh, mirad!-dijo-Vamos a llevarnos algunas.

Delante de ellos había un claro en mitad del cual se encontraban algunas de las flores más hermosas que habían visto nunca. Eran como girasoles, no tan altas, pero sí con los colores más maravillosos: azules, rojas, moradas, amarillas y verdes. En realidad, de todos los colores que uno pudiera imaginar. Tenían un aspecto increíble, pero algo le pareció mal a Amara.

-Esperad-dijo ella, pero los niños ya estaban corriendo con chillidos de alegría hacia las flores-¡Deteneos!-gritó Amara, aunque los niños no prestaron atención-¡Jedrek, venga!-y tras esto la chica comenzó a correr tras los niños.

-¿Qué pasa? Solo están recogiendo flores-dijo Jedrek.

En ese instante escucharon un grito de terror de Masha. Entonces observaron que las raíces de uno de los árboles se habían extendido como tentáculos y estaban arrastrando a la niña hacia un agujero en la base del árbol. Este parecía una boca. Una idea horrible pasó por la cabeza de Jedrek: ¡Los árboles eran carnívoros y Marsha estaba a punto de convertirse en comida!

Mientras corrían hacia Marsha, escucharon gritos de los otros niños ya que algunos de los otros árboles también les habían agarrado. Jedrek desenvainó a Neerwana y cortó la raíz del árbol. Pero antes de que Marsha pudiese escapar, otra raíz la agarró. Y además, el árbol envolvió con una de sus ramas el cuello de Jedrek, haciendo que este soltase la espada. Mientras tanto, vio cómo Amara se aferraba desesperadamente a Nano y a Calif para evitar que fuesen arrastrados.

Usando su gran fuerza Jedrek agarró la rama que le estaba asfixiando y la apartó. Tomó la espada que estaba a sus pies y cortó la rama que casi lo estrangula. Sin embargo, observó con horror que Marsha desaparecía por el agujero, gritando y llorando. No había posibilidad de cortar la raíz, así que Jedrek decidió tomar medidas drásticas. Recordando cómo la espada había partido el yunque de su padre, la lanzó contra el tronco del árbol con todas sus fuerzas. Se produjo un destello y mucho humo cuando la espada atravesó el árbol. Jedrek tiró de esta para evitar que cayese sobre Marsha y observó cómo el arma se derrumbaba sobre el suelo, como si fuese un gladiador herido. Jedrek sacó a Marsha del agujero y fue corriendo hacia donde estaban Nano y Calif, quienes pese a los esfuerzos de Amara por evitarlo, corrían el peligro de ser tragados por otro árbol. También pudo ver que el cabello de Amara estaba enredado en una rama que trataba de levantarla del suelo.

-¡Socorro, Jedrek!-gritó.

Rápidamente Jedrek cortó las raíces y la rama, liberando a Amara y a los niños. Después, ordenando a todos que se apartaran, lanzó a Neerwana contra el árbol y lo despachó de la misma forma que al primero. Al árbol le sobrevinieron el humo y las llamas, y Jedrek lo ayudó a caer con un violento empujón. Este se derrumbó y Amara sacó a los dos niños de los agujeros.

-¡Os tengo!-dijo abrazándolos con fuerza.

Los niños estaban todos muy asustados aunque ilesos.

-Vámonos de aquí-dijo Amara, pero mientras lo decía, se dieron cuenta de que los árboles del claro parecían acercarse a ellos-¡Vienen a matarnos!-gritó, mientras los niños chillaban de miedo y se amontonaban entre los dos jóvenes.

Jedrek miró a los árboles que avanzaban lentamente. Estaba seguro de que podría eliminarlos uno por uno, pero, ¿cuántos había? Ahora se daba cuenta de que las flores del claro solo eran un cebo para atraer a las víctimas a una trampa. Mientras se preguntaba por aquello sintió que la espada le hablaba en silencio. Vio una gran roca en el extremo del claro y supo lo que tenía que hacer.

-¡Quedaos atrás!-ordenó a su pequeño grupo antes de correr a toda velocidad hacia la roca. Saltando sobre esta, bajó la espada con un gran golpe. La roca se desintegró con un destello de fuego y Jedrek sintió que el calor le chamuscaba el pelo. El destello le dejó ciego por un momento, pero cuando levantó la vista observó que las llamas ardían en un camino del bosque mientras los árboles trataban desesperadamente de retirarse del fuego. En un par de minutos, el incendio había abierto un gran sendero humeante a través del bosque, al final del cual podían divisar el mar.

-¡Venga!-le dijo Jedrek a Amara y a los niños. Este levantó a Nano y a Calif-Súbete a la espalda de Amara-le dijo a Marsha-Nos vamos.

Estos corrieron tan rápido como les llevaron

sus piernas a través del claro creado por el fuego, aunque más tarde, Amara casi no podía creer lo deprisa que fue capaz de correr con una niña sobre su espalda.

-¡Creo que el miedo me dio alas!-rio la muchacha.

Cuando llegaron a la playa, vieron a Sam y Alfred en una reunión con los otros piratas que habían llegado a tierra. Estos miraban con estupor lo que estaba ocurriendo en el bosque. Jedrek y Amara corrieron jadeando con los niños a cuestas, los cuales estaban muy asustados, aunque ilesos.

-¿Qué demonios ha pasado?-preguntó el capitán, mirando en dirección al humo y las llamas que se alzaban desde el bosque.

-Es el bosque-Amara jadeó-Está encantado y los árboles son carnívoros. Casi se comen a los niños.

-Oh, no deberías haberlos llevado allí-dijo el capitán-Espera a que Ruby se entere de esto. ¡Tendrás que vértelas con ella!

-Pero Jedrek y Amara nos salvaron de los árboles-dijo Marsha-No fue culpa suya.

-Bueno-dijo el capitán-En cualquier caso, deberíamos solucionar esto en el barco-después se giró hacia la tripulación-¿Todo el mundo con-

siguió las provisiones que necesitamos?-
preguntó.

-Sí, Capitán. Conseguimos agua pero no nos
llevamos la fruta porque tenía un aspecto ex-
traño-comentó el primer oficial.

-Hicisteis bien-dijo el capitán-No queremos
que nos envenenen. ¡Ahora vámonos!

Se montaron en las barcas y partieron hacia
el barco. Jedrek sostenía a dos niños en sus brazos
mientras Amara acunaba a la tercera niña.

-Bueno-dijo Jedrek mientras alborotaba el
cabello de los niños suavemente con su mano
fuerte-¿Esto ha sido suficiente aventura para
vosotros?

-Supongo que sí-dijo Calif.

-¡Oh, sí!-exclamó Nano.

-Sí, ¡pero fue emocionante!-dijo Marsha.

Y todos ellos rieron de forma nerviosa antes
de que los niños ¡estallaran en sollozos!

CAPÍTULO 23
LA SERPIENTE MARINA

Después de cerciorarse de que todo el mundo hubiese abandonado la isla de forma segura, el capitán ordenó a la tripulación que levara anclas y pusiera en marcha el barco. Ruby llevó a los niños bajo cubierta e hizo todo lo posible para consolarlos con una buena ración de su caldo especial. También le dio una buena regañina a Jedrek y Amara por haberles llevado a la isla.

-Sois un par de tontos-dijo con brusquedad- Podríais haberles matado y vosotros también podríais haber muerto.

-¿Pero cómo íbamos a saber que sucedería eso?-dijo Jedrek.

-Sí, ¿cómo?-dijo Amara-Además, ellos quisieron venir.

-¡No, escúchame, señorita!-exigió la anciana, acercando su rostro curtido por el clima al de Amara-He vivido mucho más que tú y sé que existen peligros por aquí que vosotros los jóvenes no conocéis. ¡Así que escucha a la vieja Ruby!

-Sí, señora-murmuró Jedrek mientras esta regresaba a su cocina. Después, Amara y él soltaron una risita como si fuesen un par de alumnos traviesos a los que la profesora acababa de regañar.

-¡Haz lo que te dicen, muchacho travieso!-bromeó Amara, señalando a Jedrek con el dedo en una imitación cariñosa de la anciana.

-Ten cuidado de que no te oiga-advirtió Jedrek con una sonrisa-Nos meterás en más problemas.

Subieron a cubierta y vieron que el barco surcaba las olas. Jedrek sacó el mapa y la piedra imán para establecer un rumbo hacia Campania. Mientras lo miraba, contuvo el aliento cuando el mapa de repente cobró vida. Este le mostró, en tres dimensiones, una línea costera con el barco dirigiéndose hacia ella.

-Creo que esto significa que nos estamos acercando a Campania-murmuró.

-¿Cómo lo sabes?-la voz de la muchacha llegó hasta él.

-¡Mira! Esto nos muestra que casi hemos llegado.

-No veo nada.

-Oh, lo siento, lo olvidé. Soy el único que puede ver lo que muestra este mapa.

-¿Es por algún tipo de magia, quizá?-preguntó Amara, arrugando su nariz de un modo que el muchacho encontró irresistible.

-Algo así, supongo-dijo Jedrek-Te lo contaré en algún momento. Pero ahora mismo será mejor que vaya a ver al capitán.

El capitán estaba en su camarote cuando Jedrek le dio la noticia.

-¿Cómo sabes eso, muchacho?-preguntó este.

Cuando Jedrek se lo explicó, el capitán movió la cabeza con recelo.

-Bueno, eso me suena un poco exagerado-dijo-Pero estoy dispuesto a acompañarte por ahora, ya que pareces tener algún tipo de poder, tu espada y tú lo tenéis-añadió.

En ese momento se escuchó un grito desde la cubierta.

-¡Tierra a la vista!

Sam entró en el camarote-Lamento molestar, Capitán, pero hemos avistado tierra-dijo.

-Bien, iré...-dijo el capitán, levantándose de

la silla-Parece que tenías razón, muchacho. Vamos a verlo.

Salieron a la cubierta, donde se encontraba reunida la tripulación, que contemplaba las olas. Observaron un paisaje rocoso envuelto en niebla que parecía extraño y amenazante. El capitán sacó su catalejo y miró a través de la niebla.

-Tengo que admitir que no me gusta nada la pinta que tiene esto-dijo.

De pronto se escuchó un grito procedente de la cofa que había sobre ellos.

-¡A estribor! ¡Algo se aproxima!

Todos los tripulantes se giraron para mirar a estribor y vieron lo que parecía ser una cabeza que atravesaba las olas. Fuese lo que fuese, iba a bastante velocidad. Según se acercaba, Jedrek vio que aquello tenía la cabeza de lo que parecía ser un dragón. Desde luego, Jedrek nunca había visto un dragón, pero por lo que había oído, este podría ser uno de ellos. Tenía la cabeza verde y el hocico largo y, al abrir la boca, mostró unos dientes muy afilados.

-¡Válgame el señor!-exclamó el capitán-¡Lashmael, prepara el cañón!

-¡Sí, sí, Capitán!-fue la respuesta del cañonero, que corrió hacia uno de los cañones y rápidamente lo cargó, dejándolo listo para la acción. Durante todo ese tiempo, la espantosa cabeza se acercó más y más, y sus mandíbulas mordían como si se dispusiera a atacar.

-Dispara a tu voluntad, Lashmael-dijo el capitán-Quizá podamos asustar a esa cosa.

Lashmael esperó a que la criatura de aspecto feroz estuviese a su alcance y después disparó. La bala de cañón pasó zumbando sobre la cabeza de ese ser. Este pareció sobresaltado y se retorció en el mar, y mientras lo hacía reveló una espalda y una cola largas con púas en el medio. Toda esa criatura era de color verde y el agua de su alrededor se convertía en espuma mientras esta se agitaba.

-Parece que se ha asustado, Capitán-dijo Alfred.

-Esperemos que sí-dijo Sam-¡Oh, no! ¡Mirad! ¡Ahí viene otra vez!

La criatura sacó la cabeza del agua y emitió un sonido aterrador, como la sirena de un barco resonando a todo volumen. Después, su cabeza se sumergió hacia delante mientras se movía aún más rápido hacia el barco, con las mandíbulas abiertas.

-¡Dispara otra vez, Lashmael!-gritó el capitán, pero el cañonero ya había cargado el arma y la hizo estallar con un rugido, golpeando en esta ocasión a la criatura, que se encabritó y volvió a caer al agua.

-¡Gran disparo!-gritó el capitán sobre los vítores de la tripulación-Vaya cañonero tenemos-murmuró para sí mismo-De verdad espero que hayamos visto a esa cosa por última vez.

Jedrek oteó el agua para ver si la criatura había sido destruida o solo estaba aturdida. Este agarró a Neerwana, pues estaba seguro de que la espada podría ser muy necesaria. Efectivamente, escuchó un grito desde el otro lado del barco.

-¡Mirad ahí!

La serpiente de mar (o lo que fuese) había emergido de nuevo y una vez más, se revolvía entre las aguas para atacar. Lashmael corrió hasta el otro lado para preparar un cañón, pero para Jedrek era evidente que, aunque una bala de cañón ralentizaría a la criatura, no la detendría. Este se dirigió hacia donde Lashmael estaba preparando el arma.

-Apunta para que yo pueda hacer un buen movimiento-dijo.

El cañonero parecía confuso, pero hizo lo que le dijeron cuando, a la carrera, la criatura se alzó en un lateral del barco, justo en frente de Jedrek. Este escuchó cómo se disparaba el arma de Lashmael y pasaba silbando una bala de cañón. Aunque falló, pareció asustar a la criatura, lo que le dio a Jedrek la ocasión de mover a Neerwana en dirección a la cabeza de ese ser. Fue un golpe a la desesperada, pero logró lo que pretendía, pues la espada rajó la cabeza de la criatura provocando que esta emitiera un enorme sonido parecido a una sirena. Jedrek se recompuso y se movió de nuevo con todas sus fuerzas, y esta vez, Neerwana atravesó directamente el cuello, cortando la cabeza de la criatura al instante.

Jedrek se encontró, de repente, inundado por un líquido verde maloliente (probablemente sangre del monstruo) que brotaba del cuello cortado. Eso le dejó ciego, perdió el equilibrio y cayó de cabeza al mar.

-¡Jedrek!-gritó Amara cuando vio caer por el lateral del barco al chico al que había tomado tanto cariño. Corrió hacia esa zona y agarró una cuerda-Sujeta fuerte esto-le dijo a Sam, atando la cuerda a su cintura.

-¿Qué? ¡Princesa, detente!-gritó Sam, aunque este agarró la cuerda cuando Amara se lanzó detrás de Jedrek.

Sam y los otros miembros de la tripulación miraron por el lateral del barco. Lo que vieron les dejó sorprendidos. Ahí estaba Jedrek, sosteniendo la espada (que emitía una luz deslumbrante) en alto y literalmente elevándose de la espuma verde que le rodeaba. Es más, Amara se aferraba a él y él a ella. Parecía como si la espada, en vez de hundirse en el agua, estuviese haciendo lo contrario, desafiando la gravedad y llevándolos hacia arriba.

-Tirad de nosotros, muchachos-gritó Jedrek sobre el ruido de las olas mientras estos llegaban a la altura del lateral del barco-No os quedéis ahí parados con la boca abierta.

La sorprendida tripulación tiró de la cuerda que rodeaba a Amara, quien estaba pálida y temblaba mientras se aferraba a Jedrek. Medio cegados por la luz de la espada, la tripulación consiguió que ella y Jedrek subieran al barco, y en ese momento, la luz de la espada se apagó.

-¡Madre mía! ¡Ahora sí que lo he visto todo!-exclamó Sam.

Dejaron a Amara en la cubierta, donde esta yacía sin aliento.

-Dejadla respirar un poco-pidió el capitán mientras el resto de la tripulación se reunía alrededor de ella. Jedrek observó con ansiedad cómo Amara jadeaba y farfullaba, y después, para alivio y alegría de todos, se sentaba y miraba lo que había cerca de ella.

-¿Dónde está Jedrek?-fueron las primeras palabras que salieron de la boca de la muchacha.

-Aquí-dijo Jedrek, rodeándola con su brazo.

-¿Pero...cómo...qué...? Pensé que no sabías nadar.

-¿Por eso saltaste de forma estúpida detrás de él?-dijo el capitán con desaprobación.

-¡Bueno, sí! No iba a dejar que se ahogara. ¿Pero cómo nos sacaste de ahí?-preguntó ella.

-Bien, joven Jedrek-dijo el capitán-Quizá puedas iluminarnos.

-De acuerdo-dijo Jedrek-Después de que la cabeza se desprendiera del dragón yo estaba cubierto por su sangre, la cual me picó los ojos y me dejó ciego. Por eso tropecé y caí al mar. Pero después de hundirme en el agua salí a la superficie y me encontré flotando. Aquello me sorprendió, ya que yo no sé nadar, pero creo que podría haber sido la sangre del dragón por toda la superficie del mar lo que me mantuvo a flote-explicó.

-Ya he escuchado esa historia antes-dijo Ruby, que ahora se había unido a ellos y estaba preocupada por Amara-La sangre de dragón nos otorga flotabilidad.

-¡Pero después vi también la espada flotando!-dijo Jedrek-Así que la agarré y esta pareció sacarme del agua en vez de hundirme.

-¡Es extraordinario! Tiene algo mágico-murmuró Sam-Ya debería haberse quedado en el fondo del mar.

-Pero entonces Amara cayó junto a mí y la agarré mientras subía-Jedrek observó el cuerpo empapado de la princesa pirata-¿Qué demonios te poseyó para que saltases detrás de mí?

-¡Ella te quiere, burro tonto!-espetó Ruby con impaciencia-¡Los hombres no se enteran de nada!-ayudó a Amara a ponerse de pie-Ahora, si no te importa, vamos a llevar a esta muchacha a su camarote y la secaremos. ¡Dejadnos pasar!

La tripulación se apartó cuando Ruby ayudó a Amara a levantarse y la sacó de la cubierta. El capitán miró a Jedrek con seriedad.

-Muchacho, ¡creo que esta aventura guarda muchas sorpresas para todos nosotros!-dijo.

CAPÍTULO 24
CARRERA DE MAREAS

Jedrek se sintió muy aliviado de que Amara estuviese a salvo y se dio cuenta de lo profundos que se habían vuelto sus sentimientos por ella. Es más, supuso que ella también le estaba tomando mucho cariño. Se preguntó si lo que sentía era amor. Apenas había conocido chicas en su vida, y mucho menos se había enamorado de ellas, así que no sabía realmente qué era ese sentimiento. De todos modos decidió dejar de lado sus sentimientos por ahora, ya que sabía que lo primero que tenía que hacer era rescatar a su hermana antes de que se acabase el tiempo.

A la mañana siguiente vio a Amara en la cubierta. Estaba más guapa que nunca.

-Gracias por intentar salvarme-dijo él-Pero no debiste ponerte en peligro de esa manera.

Amara soltó un bufido y arrugó la nariz-Supongo que te hubiese gustado que te dejara así, ¿verdad?-dijo, con un brillo en sus bonitos ojos-¿Siendo tú un marinero de agua dulce que no sabe nadar?

-Por supuesto que no-dijo Jedrek-Aquello fue algo maravilloso por tu parte. Pero podrías haberte ahogado.

Ella se volvió hacia él con cara de enfado-¡Intento salvarte y lo que haces es regañarme!-dijo.

-Pero...-titubeó Jedrek, desconcertado por su reacción.

-¡Oh, cállate!-dijo ella curvando sus labios-¡Ven y juega con tu espada mágica, gran héroe!-y con un movimiento de su cabeza se marchó con paso airado.

Jedrek respiraba con dificultad. Se sentía confuso. ¿Por qué ella reaccionaba así? ¿La había salvado de ahogarse y se enfadaba con él? Se dio cuenta de que las chicas tenían más cosas de las que se imaginaba.

-No te preocupes por ella. Lo superará-dijo una voz detrás de él. Miró y ahí estaba Ruby, sonriendo por todo su rostro curtido por el clima-

En este momento ella se siente decepcionada contigo, pero se le pasará.

-¿Pero por qué?

-¿No lo ves, muchacho?-dijo la anciana sonriendo, con las arrugas bailando por su rostro-Ella quiso salvarte. Quiso ser la heroína. ¡Pero tú lo arruinaste todo al salvarla a ella y ahora está resentida! ¡Por eso está furiosa!

-Yo...no lo entiendo.

-Eso es porque no comprendes a las mujeres, pedazo de zoquete-dijo Ruby, dándole un codazo alegre en las costillas-Pero no te preocupes, hablaré con ella. ¡Y todo seguirá igual que antes!-y con una risa sincera, siguió a Amara hasta llegar bajo cubierta.

Jedrek se preguntaba en qué consistía esa cosa llamada amor, pero sus pensamientos fueron interrumpidos por un grito desde arriba.

-¡Tierra a la vista!

Jedrek fue corriendo hasta la proa del barco y contempló aquello. Sí, era tierra firme. Durante la pelea con la serpiente marina, el barco, de alguna manera, se había desviado, pero la tierra volvía a erigirse ante ellos una vez más. El muchacho corrió hacia donde se encontraban el mapa y la piedra imán y los llevó a la cubierta. Sostuvo la piedra imán sobre el mapa y, en efecto, esta señaló la tierra que tenía delante. Y en el mapa había un terreno marcado, sobre el cual podía leerse, con letras mágicas: CAMPANIA.

-¡Lo encontramos!-le dijo Jedrek emocionado al capitán-¡Aquello es Campania!

-Está bien, muchacho-dijo el capitán-Llevaremos el barco despacio, ya que podría haber rocas bajo la superficie-señaló un hueco en la línea costera-Vamos a tratar de llevarlo hasta allí-comentó.

Se dirigieron hacia el hueco que había en la línea costera, pero de pronto, el barco se tambaleó hacia delante, como si estuviese atrapado en una corriente brusca.

-Hay una corriente-avisó el capitán-Y estamos atrapados en ella. ¡Mirad!-señaló-¡Nos arrastra hacia esas rocas!

Todos observaron con impotencia cómo el barco aceleraba hacia un arrecife irregular-Acabaremos hechos pedazos-gritó el capitán.

-No si yo puedo evitarlo-dijo Jedrek. Este corrió hacia la proa del barco y apuntó con Neerwana a las rocas a las que se dirigían. Después no supo por qué hizo eso-Supongo que me invadió una especie de impulso-dijo más tarde.

Pero cuando Jedrek apuntó hacia el arrecife usando a Neerwana, surgieron destellos de luz de la espada y, para sorpresa de todos, las rocas milagrosamente se separaron frente a ellos como si estas fuesen movidas por manos gigantes. Y el barco, en vez de romperse en pedazos contra las rocas, navegó entre estas hasta que el canal se abrió a una pequeña laguna, donde la tripulación dejó la nave detenida cerca de la entrada de una cueva.

-¡Madre mía!-dijo el viejo lobo de mar Alfred, secándose la calva-Pensé que era nuestro fin. ¿Hay algún truco más que pueda hacer tu espada, muchacho?

Jedrek se rio-¡Siempre me sorprende! Veamos si podemos llegar a tierra firme-dijo.

La tripulación amarró el barco firmemente a varias rocas y troncos de árbol que estaban en la orilla y bajó una pasarela. Jedrek y el capitán miraron hacia los acantilados altos.

-De ninguna forma vamos a escalar esos acantilados, hijo-comentó el capitán-Tendremos que ver si existe una forma de entrar a través de la cueva.

Tras esto Amara se unió a ellos en la cubierta-¿Dónde estamos?-preguntó.

-Esto es Campania-dijo Jedrek-Ahora tenemos que averiguar cómo subir.

-¿No podemos escalar esos acantilados?-preguntó Amara.

-¡No tenemos ninguna posibilidad! Mira lo

escarpados que son. Y también sobresalen. Exploraremos esa cueva.

-Bueno. Yo también iré.

-No, no lo harás-dijo Jedrek-No permitiré que te pongas en peligro todo el tiempo.

-¿Eh?-dijo la muchacha, moviendo la cabeza de forma desafiante-¡Mira qué insolencia tiene el jovencito, mandando a sus superiores!

-¿Superiores?

-¡Sí, superiores! ¡Soy la princesa de este barco, no lo olvides!-dijo la chica, con los ojos brillantes.

Jedrek respiró hondo y miró al capitán, que le sonrió-Eso es, hijo. Será mejor que te aguantes-dijo. Después se giró hacia la tripulación-Ahora, muchachos, necesitamos algunos voluntarios para explorar esa cueva. ¿Quién irá?

Nadie se movió. El silencio era ensordecedor.

Amara se giró furiosa hacia los hombres-Escuchadme, sabandijas-dijo, fijando su mirada de acero en los marineros, que se movían intranquilos-tenemos algo que hacer aquí y no voy a aguantar a un montón de marineros de agua dulce cobardes. Ahora voy a entrar en esa cueva con el capitán y con Jedrek, así que, ¿quién es lo bastante hombre para venir conmigo? ¿O sois tan gallinas que os contentáis con dejar a vuestra princesa sola ante el peligro?

Se produjo un revuelo lleno de confusión entre los tripulantes. Tras una breve pausa, alguien empezó a hablar:

-¡Está bien, princesa! ¡Yo también iré!-dijo el fiel Sam.

-¡Y yo!-dijo otra voz. Era Alfred.

Lashmael, el cañonero, tomó la palabra-Cuenta conmigo también. Y llevaré mi arma si quieres, si podemos traer los suficientes hombres para moverla-dijo.

-Eso podría sernos útil, pero primero veamos qué hay en la cueva-dijo el capitán-Te diré que solo iremos con un pequeño grupo de estos hombres que se han ofrecido como voluntarios. Llevad vuestras pistolas, machetes y algunas antorchas. Y el resto, cuidad del barco, pero estad preparados para venir a ayudarnos si escucháis problemas.

Jedrek observó al resto de la tripulación y, a juzgar por sus caras, ¡dudó bastante que estos pudiesen ser de mucha ayuda en caso de que hubiera problemas! Pero Amara llegó saltando hasta su lado con su arco, su carcaj lleno de flechas y su espada en la cintura. Jedrek la miró y se sintió extrañamente protector hacia ella.

-¿Seguro que quieres venir?-preguntó-¡Podría ser peligroso!

-¡En ese caso necesitarás que yo te proteja!-respondió la muchacha desafiante, con un brillo en sus ojos que, una vez más, Jedrek encontró irresistible-¡Venga, zoquete! ¡Vámonos!

-Son órdenes de marcha, hijo-comentó el capitán con una sonrisa-Vámonos.

CAPÍTULO 25
EL DRAGÓN DE LA CUEVA

Los piratas abandonaron el barco y se prepararon para entrar en la cueva. La entrada a esta era muy amplia y elevada y la cueva parecía ser bastante alargada.

-Tendremos que averiguar si existe alguna forma de llegar a la isla por esta cueva-dijo el capitán-¡Pero mirad eso!

Se detuvieron y en la penumbra vieron huesos que parecían ser de varios tipos de animales, en un estado como si hubiesen sido roídos por algo con los dientes grandes. Los huesos se amontonaban sobre el suelo y en los laterales de la cueva. El grupo encendió las antorchas y a la luz del fuego observaron que, cuanto más se adentraban en la cueva, más grandes eran los montones de huesos. Escucharon el crujir de estos bajo sus pies mientras avanzaban con cautela.

-Esto no me gusta nada, Capitán-murmuró Lashmael-Apuesto a que aquí vive una criatura que es quien hace estos montones de huesos-dejó de hablar mientras avanzaban-¡Y apuesto a que también es bastante grande!-añadió.

Se adentraron más en la cueva hasta que solo pudieron ver el fuego de las antorchas. De pronto, Jedrek se detuvo y susurró.

-¡Escuchad!-dijo.

Se detuvieron y contuvieron la respiración. Desde el interior de la cueva llegó un sonido intenso y retumbante.

-¿Qué es eso?-susurró el capitán.

Volvieron a escuchar aquello. Sí, se trataba de un estruendo muy intenso. A Amara le pareció como si alguien roncara. Ella solía burlarse de Ruby por roncar, pero esto era mucho más profundo que cualquier ronquido de la anciana.

¿Se trataría de alguna especie de bestia?-se preguntó ella. Un miedo intenso comenzó a apoderarse de su corazón y del de todos los piratas. Solamente Jedrek, que por lo visto no conocía el miedo, permaneció impasible y tan resuelto como siempre a encontrar un camino hacia la isla que le llevase hasta su hermana, hubiese lo que hubiese ante ellos en esa cueva.

De repente se produjo un movimiento y un rugido ensordecedor surgió ante ellos como una brisa que agitó y avivó el fuego de las antorchas. Mientras observaban aquello, aparecieron dos ojos brillantes de aspecto maligno y el contorno de una cabeza enorme y temible. Además, según miraban a ese ser, este parecía brillar con una bruma verde casi sobrenatural en la oscuridad de la cueva. Parecía enorme, demasiado grande para que cualquiera de ellos pudiera enfrentarse a él. Sus ojos brillantes se fijaron en el pequeño grupo de gente como si contemplase a quién devoraría primero.

Jedrek tomó la palabra-Es un dragón. Tenemos que matarlo-dijo.

-Sí, ¿pero cómo?-preguntó el capitán-Es enorme. Si nos movemos vendrá a por nosotros. Podría comernos a todos de golpe.

Jedrek bajó la voz-Apuntadle con las armas. Cuando me veáis correr hacia él, disparad-dijo.

-Pero nuestras armas no podrán hacerle nada a eso-dijo el capitán.

-Cierto-dijo Jedrek desenvainando a Neerwana-pero esto sí lo hará.

-Está bien, hijo. Supongo que de todos

modos esa es nuestra única oportunidad. ¿Estáis listos, muchachos? Apuntad-ordenó el capitán.

Los piratas apuntaron con sus armas al fantasmal monstruo verde que estaba ante ellos, cuya cabeza ya casi les rozaba. Amara colocó una flecha en su arco y sumergió la punta de esta en una de las antorchas, para después lanzarla al aire. La luz brillante de la flecha en llamas distrajo a la criatura por un momento.

-¡Ahora!-gritó Jedrek, y se lanzó rápidamente de cabeza hacia la silueta del dragón, mientras el resto de sus compañeros disparaban sus armas de fuego con un gran estallido que resonó en las paredes de la cueva, sobresaltando al dragón y provocando que este se agitara de forma salvaje. Con la confusión, este no se dio cuenta de que Jedrek se abalanzaba sobre él y clavaba profundamente a Neerwana en su costado.

Un grito horrible surgió de la criatura cuando la espada mágica cortó sus profundas escamas. Ninguna espada normal podría haber atravesado la gruesa y muy fuerte coraza del dragón, pero Neerwana podía partir un yunque de acero en dos. Jedrek se vio cubierto por un líquido que causaba escozor, el cual tomó por sangre de dragón. Cuando el dragón retrocedió, volvió a clavar su espada, alcanzando esta vez un órgano más vital en el interior de la criatura.

Surgieron rugidos de dolor del dragón cuando los compañeros de Jedrek dispararon una vez más y la criatura comenzaba a sacudir la cabeza mientras se le escapaba la vida. Por si acaso, Jedrek volvió a clavar la espada profundamente en el cuerpo de la criatura, que dio un último tirón con su enorme cabeza y después cayó muerta.

Jedrek escuchó la voz de Amara-¿Estás bien, Jedrek?-preguntó.

-Sí, eso creo-respondió el muchacho.

-¡Pero si estás verde por completo!

-¿Qué?

-Sí-esta vez habló el capitán-Tú...brillas en la oscuridad, con una luz verde.

-¿Con qué?

-Con una luz verde-dijo la voz de la muchacha, acompañada por un coro general de voces que confirmaban el verdor resplandeciente de Jedrek.

Jedrek observó sus manos. Sí, estas tenían un brillo verde, como el resto de su cuerpo. Por supuesto, él sabía de qué se trataba aquello.

-Debe ser la sangre de ese dragón. Era verde y estoy cubierto por ella. ¡Agh!-dijo escupiendo-Me cayó un poco en la boca. ¡Ay! ¡Quema!

-¿Estás bien?-volvió a preguntar Amara con ansiedad.

-Sí, ahora solo pica un poco. Estoy bien.

-Bueno-dijo el capitán-parece que podrías ser útil para darnos un poco de luz y así sacarnos de este agujero oscuro. ¿Hay alguna forma de salir de aquí?

-Creo que el dragón debía estar protegiendo algo-dijo Amara-Eso es lo que hacen los dragones, ¿no? Quizá estaba vigilando la entrada a esta isla para que gente como nosotros no pueda pasar.

Jedrek recordó la conversación con el profeta anciano-El mago invocó a los dragones para custodiar la isla-dijo-Esa serpiente de mar debía ser uno de ellos y este es otro.

-¡Oh, rayos!-exclamó Sam-¿Cuántas cosas más habrá?

-No lo sé-dijo Jedrek-Pero antes de que encontremos más tenemos que salir de aquí. Veamos si esta cueva tiene una salida trasera.

Pasaron por encima del dragón muerto, que ahora olía terriblemente mal y servía como alimento para cientos de criaturas diminutas a las que, por suerte, no podían ver bien en la oscuridad, y partieron para salir de la cueva. Efectivamente, pocos metros después Jedrek señaló hacia arriba, a un rayo de luz que brillaba a través de una grieta que se hallaba en lo alto de la cueva.

-¡Mirad allí!-gritó emocionado.

-¡Luz!-chilló Amara, saltando.

-Tranquila, muchacha-advirtió el capitán-No querrás que nos caiga una roca encima.

Pero tan pronto como pronunció esas palabras se produjo un estruendo detrás de ellos, en la cueva, cuando las rocas cayeron del techo hacia donde se hallaba el cuerpo del dragón.

-¡Ups!-exclamó Amara, contenta por que la oscuridad ocultase su cara roja-¿He sido yo?

-Bueno, sea como sea, lo cierto es que no podemos regresar por ahí-dijo el capitán-Esperemos que esto nos lleve a alguna parte.

Para entonces, el fuego de las antorchas casi se había apagado, pero apenas podían distinguir el camino rocoso que conducía hasta el lugar del que venía la luz. Jedrek, que aún emitía un resplandor verde por la sangre del dragón, guió a los piratas mientras escalaban y tropezaban con las rocas hasta que, de repente, como si atravesasen una puerta, salieron a la luz.

-¡Campania! ¡Por fin!-dijo Jedrek.

CAPÍTULO 26
EL PÁJARO CANTOR MÁGICO

Jedrek miró a su alrededor mientras sus compañeros salían hacia la luz. No es que hubiese mucha luz en absoluto. Parecía como si una niebla gris se hubiese asentado sobre toda la isla, y a través de esta Jedrek pudo distinguir árboles y bosques, los cuales parecían estar demasiado cubiertos de vegetación. El muchacho se preguntó cómo sería de grande la isla y cómo encontrarían a su hermana.

-Necesitamos que la piedra imán mágica nos brinde una dirección-dijo mirando en su bolsa. De repente se dio cuenta de que esta no se encontraba ahí-¡No tengo el mapa ni la piedra imán !-exclamó.

-¿Dónde están?-preguntó Amara.

-¡Se me debieron caer en la cueva durante la pelea con el dragón!-dijo Jedrek cabizbajo-¿Qué vamos a hacer ahora?-se sentó, hundiendo la cabeza entre las manos-¡Nunca encontraremos a mi hermana!-gimió.

Amara se acercó a Jedrek y le zarandeó-¿Qué clase de conversación derrotista es esta?-chasqueó-Acabas de matar a un dragón, zoquete, y estás dejando que el hecho de haber perdido un mapa te deprima. ¡Ahora cálmate, muchacho, y sé el hombre que yo conozco!

-¿Lo veis? Están hechos el uno para el otro-dijo Sam sonriendo, y los piratas se rieron entre dientes.

-Después de todo-dijo Amara-sabemos que tu viejo profeta seguramente se sacará algo de la chistera.

-Sin duda tendrá que hacerlo. De lo contrario nos quedaremos aquí atrapados sin saber a dónde rayos ir-dijo el capitán. Después miró a Jedrek-¿Te dijo alguna cosa más?

-No-dijo Jedrek-¡Pero escuchad! ¿Oís eso?

Los piratas se quedaron quietos, escuchando con atención, mientras por el aire llegaba el canto agudo de un pájaro. Amara puso su mano tras la oreja.

-Es un canto muy dulce que el pájaro está entonando-dijo ella mientras un pequeño pájaro verde y azul volaba ante ellos, entrando y saliendo por los árboles-¡Qué bonito! Es como si intentase decirnos algo.

Jedrek levantó la vista-Bueno, creo que así es-dijo.

-¿Por qué...? ¿Cómo?

-Está hablando conmigo.

-¿Hablando? Los pájaros no hablan.

-Pero entiendo lo que dice-comentó Jedrek-O mejor dicho, canta. Parece ser una canción con un mensaje.

-¿Por qué tú puedes comprender lo que dice y nosotros no?-preguntó el capitán.

Amara intervino-¡Es por la sangre del dragón! ¿No lo ves? ¡La sangre del dragón!

-¿Qué tiene eso que ver?

-Jedrek fue el único que quedó cubierto por la sangre del dragón. Incluso la probó. Es mágica, le hizo brillar y ahora provoca que pueda entender a ese pájaro.

Se produjo una ronda general de murmullos de "¡Vaya!" de los piratas que estaban allí reunidos.

-¡Ella tiene razón!-dijo Jedrek-¡Silencio todo el mundo!

Jedrek escuchaba mientras el pájaro daba vueltas y cantaba lo que el muchacho sentía que era la canción más hermosa que jamás había escuchado. Parecía que el pájaro entonaba una canción y hacía preguntas al mismo tiempo. Lo que Jedrek escuchó fue algo así:

¡Jedrek! ¡Gran y poderoso guerrero!
Campania se alegra de que estés aquí.
El terrible monstruo marino fue
*   asesinado por ti*
y también el dragón malvado que
*   acechaba en la cueva.*

-¿Cómo sabes mi nombre?-preguntó Jedrek sorprendido. Y tras esto vino una respuesta:

El nombre de los héroes lo conocen las
*   criaturas aladas,*
tu nombre nació aquí en el ala,
tu espada es Neerwana,
forjada para un héroe intrépido.

-¿Sabes por qué he venido?-preguntó Jedrek mientras sus ojos y los de sus compañeros seguían a la hermosa criatura que revoloteaba en la penumbra de Campania.

Has venido a despertar a aquella que
*   duerme,*

la que fue sumida en un profundo sueño
por el maligno.
El que codicia el oro de esta tierra
sabe que le queda poco tiempo.

-Es mi hermana. Pero no sé dónde está. ¿Puedes ayudarme a encontrarla?-preguntó el muchacho.

La doncella dormida está rodeada de
fuego
que solo un héroe intrépido puede
superar.
Pero ten cuidado, un dragón vigila el
fuego
y la lanza del mago asesta un golpe
mortal.

-No le tengo miedo-dijo Jedrek. Sacó su espada, que brillaba ante él pese a que no había luz solar. Parecía como si Neerwana estuviese ansiosa por la lucha que se avecinaba-¡Mira! ¡Neerwana está lista para combatir! Ven, maravilloso pajarito. ¡Llévame hasta ella!

¡Sígueme! ¡Sígueme!
Oh, poderoso héroe.
Aquella a la que buscas

está esperándote en su sueño.

Tras esto, el pájaro se alejó volando y se posó en una rama como si quisiera llamarles.

-Vamos. Sigamos a este pajarito-dijo Jedrek.

-No sé qué le estará diciendo, ¡pero espero que tenga sentido!-murmuró Sam.

Los piratas caminaron detrás del pájaro que ahora revoloteaba de rama en rama delante de ellos. Este parecía brillar en la penumbra de Campania para que pudiese ser distinguido con facilidad. Sin embargo, el ave llevaba un buen ritmo y el capitán y los piratas pronto empezaron a jadear. En cambio, Jedrek parecía incansable y solamente Amara pudo seguir su ritmo.

-¿Puedes ir más despacio?-jadeó la chica.

-¿Qué? ¿Y perderle el rastro a ese pájaro?-dijo Jedrek-Es nuestra única oportunidad para encontrar a mi hermana.

-Pero...los demás...

-Nos alcanzarán tarde o temprano. Estamos dejando un rastro detrás de nosotros en estos helechos rotos.

Amara miró hacia atrás. Sí, había un rastro definido detrás de ellos. Era bastante evidente que nadie había pasado por allí durante muchos años y la maleza se había tragado el camino.

Los jóvenes siguieron avanzando guiados por

el pequeño pájaro, que a veces decía a Jedrek
cosas como esta:

Ahora más y más cerca
estás de tu hermana dormida.
Pronto ella despertará
gracias a la valentía de su hermano.

-Sin duda eso espero-suspiró Jedrek mientras
avanzaba, con Neerwana lista para entrar en acción. Miró hacia atrás y vio a Amara corriendo
tras él. Solo podía esperar que los demás les estuvieran siguiendo a lo lejos. El pájaro les condujo
por una cuesta bastante empinada, y cuando llegaron arriba, observaron lo que parecía ser un
pequeño valle rodeado por colinas bajas. Una
niebla se cernía sobre todo el valle, pero, en
medio de este, Jedrek pudo distinguir lo que parecía ser un círculo de fuego.
    -¡Ahí está!-dijo sin aliento.
    -¿Qué?-preguntó Amara.
    -Mira hacia allí. Hay un círculo de fuego.
    -Creo que tienes razón.
    -¡Mi hermana!-exclamó Jedrek con intención
de partir hacia allí.
    -Un momento-dijo Amara-No te apresures.
Espera a que vengan los demás. Quizá necesites
su ayuda.

-El tiempo se acaba-dijo Jedrek con impaciencia-Tengo que darme prisa.

-¿Y precipitarte como un tonto?-siseó Amara-¿De qué le servirá eso si te matan?-hizo una pausa-Escucha, ese pajarito está cantando otra vez. Está en esa rama. ¿Qué es lo que dice?

Jedrek miró al pájaro mientras el canto llegaba a sus oídos:

Jedrek, gran héroe,
escucha a tu sensata amiga.
En el valle hay un gran peligro.
¡Tened cuidado! ¡Tened cuidado!

-¿Que tenga cuidado?-preguntó Jedrek-¿Hay algo que deba saber?-el canto volvió a sonar:

Ten cuidado con el fuego del dragón.
Toma el escudo mágico,
te protegerá
de su bocanada ardiente.

-Pero yo no tengo un escudo mágico-protestó Jedrek a la pequeña criatura con plumas que revoloteaba sobre él. El pájaro voló hasta un árbol muy viejo con el tronco ancho. El canto llegó otra vez a los oídos de Jedrek:

Dentro del árbol hueco
hay un escudo mágico
oculto durante generaciones
que resiste la bocanada del dragón.

-¡Rápido, vamos dentro del árbol! ¡Hay un escudo!-le dijo Jedrek a Amara. La muchacha asomó la cabeza en el hueco.

-Aquí hay algo. Es de metal. Pero me parece que no puedo sacarlo-dijo Amara.

-Déjame intentarlo a mí-dijo el chico. Metió la cabeza en el hueco del árbol. Efectivamente, allí había algo metálico. Este dio un tirón y provocó la caída de un montón de corteza del árbol, tierra y helechos, lo que le hizo toser y estornudar. Sacó arrastrando del árbol un objeto plano y lo observó con asombro. ¡Tenía un escudo a sus pies!

CAPÍTULO 27
EL DRAGÓN DE FUEGO

-¡Hala!-exclamó Amara-¿El pajarito te habló sobre esto?

-Sí-dijo Jedrek. Le quitó el polvo al escudo y lo miró. Era bastante grande y redondo y uno de sus extremos acababa en punta. Lo levantó y este comenzó a brillar con una luz dorada, como si estuviese contento de ser liberado de su prisión.

-Está bien, es mágico-dijo Amara-Míralo.

Jedrek sacó a Neerwana de su vaina y la espada y el escudo se unieron como si estuviesen atraídos por una fuerza magnética.

-¡Vaya! ¡Se conocen!-dijo Jedrek mientras la espada golpeaba el escudo como si celebrase la reunión. Este sintió un aleteo cerca de su cara cuando el pájaro cantor mágico se posó en su hombro y entonó lo que a Amara le pareció un precioso canto, pero que Jedrek entendió así:

Ahora el héroe está totalmente armado
para enfrentarse al temible dragón
y al mago malvado
y liberar a la tierra de la maldición.

Y después escuchó una segunda estrofa:

Adelante, héroe intrépido;
este es tu momento.
Confía en las poderosas armas
que se te han concedido.

Después se hizo el silencio mientras el pájaro se alejaba volando. Jedrek miró a la preciosa chica de pelo oscuro que había venido hasta aquí con él.

—¿Y bien?—dijo ella.

—Parece que el escudo lo pusieron allí para mí—respondió.

—¿Quién haría eso?—preguntó Amara.

—Quizá nuestro pajarito me lo diga—comentó Jedrek, pero cuando miró, el pequeño ave se había marchado.

—¿Dónde está?

-Parece que se dio cuenta de que ya cumplió con su tarea-dijo Jedrek-Ahora vamos a rescatar a mi hermana.

-¡Mira! Por aquí vienen los demás-dijo Amara señalando.

Mientras ella decía estas palabras, los demás miembros del grupo se acercaron jadeando.

-¡Vosotros dos no esperáis a un amigo!-dijo el capitán-Pensamos que os habíamos perdido para siempre-los piratas se desplomaron todos a la vez sobre el suelo, intentando recuperar el aliento.

De repente escucharon el sonido de un batir de alas gigantes cuando algo enorme voló sobre sus cabezas y ocultó la luz que había en el lugar. Jedrek levantó la vista y observó la silueta de un gran dragón verde que vigilaba el camino que conducía hasta el círculo de fuego.

-Así que este es el tercer dragón del que nos habló el pájaro-dijo Jedrek-Probablemente haya sido invocado hasta aquí por el mago-señaló unas rocas-Escóndete ahí detrás y deja que me ocupe de esto.

-¡Yo voy contigo!-dijo Amara.

-¿Qué? ¿Y dejar que esa cosa te ase viva? Te quedas aquí hasta que me haya ocupado de ella y luego, si todavía sigo vivo, vienes.

Amara puso una expresión de puchero-¿Por

qué los chicos viven toda la aventura y yo no?-
dijo.

-¡Déjalo ya! ¡Bastantes problemas voy a tener
ya con ese dragón!

Amara le hizo una mueca y de mala gana se
marchó y se unió al resto de personas del grupo,
quienes habían encontrado un sitio detrás de la
roca. Jedrek sonrió para sí mismo y pensó que si
esa mirada bonita y atrevida que ella le había
echado fuese lo último que viese en su vida, sería
algo para recordar.

Pero ahora tenía que lidiar con el dragón,
que se encontraba amenazante a medio camino
entre Jedrek y el lugar donde se suponía que estaba su hermana dormida. El muchacho, por supuesto, no sabía dónde podría estar acechando el
mago, pero imaginaba que tendría que afrontar
cada peligro por separado. Este avanzó por el camino irregular hacia el dragón, que le miraba con
ojos malignos y golpeaba el suelo. Sin duda era
una criatura grande, probablemente más grande
que la de la cueva, pero supuso, por lo que el pájaro le había contado, que el mayor peligro no era
su tamaño, sino el fuego que posiblemente exha-
laría, por lo que preparó el escudo.

Obviamente, en ese momento él no sabía con
seguridad si el escudo le brindaría suficiente pro-
tección contra la bocanada del dragón; solo tenía

al respecto la palabra de un pájaro cantor mágico. Pero pensó que, si la espada había demostrado ser eficaz contra los otros dragones, el escudo también lo sería. Jedrek miró al dragón. Este tenía la boca grande, de la cual salían estelas de humo. Sin duda se preparaba para lanzarle una ráfaga de fuego. Pero el muchacho también observó las patas de la bestia. Decidió que estas serían sus objetivos estrella si lograba atravesar el ardiente aliento del dragón.

Y esas alas-pensó el muchacho-Si les doy un buen corte con Neerwana evitaría que la bestia vuele.

En ese momento se encontraba lo suficientemente cerca como para mirar a los ojos de la criatura. Esta le miró y emitió un gruñido bajo para asustarle. Pero Jedrek y el miedo no iban de la mano. De hecho, el peligro estimulaba al muchacho a atreverse más.

-¡Así que tú eres el dragón grande!-dijo mirando a la bestia directamente a los ojos malignos de esta-¡Quiero recuperar a mi hermana, así que veamos qué sabes hacer, gran lagarto verde!

Tras esas palabras, Jedrek levantó su escudo y avanzó hacia el dragón que, con un rugido espantoso, arrojó un torrente de fuego por la boca. Mientras tanto, Jedrek sintió que sucedía algo mágico con el escudo: este pareció expandirse y formar una cubierta a su alrededor para que estuviese completamente protegido de las llamas que llegaban por todos lados. Se dio cuenta de que sin el escudo, la bocanada del dragón le hubiese calcinado al instante.

Se acercó más y más a la criatura, y el dragón rugía y lanzaba fuego hasta que Jedrek advirtió que estaba a pocos metros de él. Cuando la criatura se detuvo para tomar un respiro, Jedrek vio una oportunidad y atacó, clavando a Neerwana profundamente en una pata delantera del dragón. Este soltó un rugido horrible y retiró la pata, lo que permitió a Jedrek golpear el vientre de la criatura. Atravesó sus gruesas escamas con la espada mágica y brotó el mismo tipo de sangre verde que pica que Jedrek sufrió con anterioridad. El dragón giró la cabeza y con otro rugido lanzó otra bocanada de fuego hacia Jedrek, pero el muchacho se adelantó a ese movimiento y ya tenía su escudo levantado, por lo que el fuego solo quemó la herida abierta del propio dragón. Este agitó sus alas como si fuese a volar, pero Jedrek levantó a Neerwana y la espada atravesó una de las alas, de la que brotó más sangre verde.

La enorme bestia se sobresaltó por el dolor y echó la cabeza hacia atrás, lo que le dio a Jedrek vía libre para asestarle un golpe seco en el cuello. Reuniendo todas sus fuerzas, que eran considerables, golpeó al dragón justo bajo la cabeza. La espada mágica atravesó las escamas gruesas, separando la cabeza de la criatura de su cuerpo. Después, Jedrek saltó hacia atrás mientras el cuerpo del dragón se incendiaba y un espeso humo negro, teñido de verde, se elevaba sobre Campania.

Jedrek lo miró asombrado-De modo que el fuego interior de la bestia la ha quemado-se dijo a sí mismo. Miró a la espada y al escudo-¡Gracias, mis armas fieles! ¿Dónde estaría yo ahora sin vosotros?-dijo.

El muchacho escuchó una voz conocida detrás de él-¡Jedrek! ¡Jedrek! ¡Lo conseguiste!-Este se giró y vio a Amara corriendo hacia él. Cuando le alcanzó, ambos se abrazaron-¡Oh, mi héroe!-dijo ella-¡Mataste a ese ser horrible! Estaba tan asustada...realmente pensé que habías muerto cuando el dragón te arrojó todo ese fuego.

-El escudo me protegió-dijo Jedrek mientras la chica a la que amaba se aferraba a él-Es mágico de verdad-acarició el pelo de Amara-Venga, ¡vamos a despertar a mi hermana!

Pero según hablaba, una silueta siniestra apareció por detrás del espeso humo verde que aún brotaba del cuerpo del dragón en llamas.

CAPÍTULO 28
EL MAGO

—¿Así que tú eres el poderoso héroe, el asesino de mis dragones?-dijo una voz.

Jedrek miró a través del humo y vio que la voz procedía de una silueta de aspecto extraño. Lucía una túnica larga y llevaba un sombrero que le ocultaba parcialmente el rostro. Su cara, por lo que Jedrek pudo distinguir, parecía especialmente horrible, con unos ojos que, bajo el sombrero, parecieron burlarse de él. Pero lo que Jedrek también advirtió fue que aquel ser tenía una lanza, y supuso que era la misma lanza mágica que había asesinado a sus padres. Este agarró a Neerwana con fuerza y se aseguró de que el escudo mágico estuviese listo.

-Ponte detrás de mí-le susurró a Amara-Esto nos dará problemas.

La muchacha no estaba acostumbrada a hacer lo que le decían, pero esta vez se dio cuenta de que Jedrek tenía razón y se puso detrás de él.

-¿Sabes quién soy?-preguntó la silueta, con la boca torcida en una mueca.

-Sí, eres el mago Maldivan-dijo Jedrek-Tú mataste a mis padres y esclavizaste a mi hermana y a mi gente. Pero ahora he venido a liberarlos.

-¿Liberarlos?-rio el mago de forma malvada-¿No sabes hasta dónde llega mi poder, muchacho? ¿No te asusta?

-¿Asustarme de ti?-dijo Jedrek-No te tengo miedo, ni a ti ni a tu poder. Tu poder sirve para hacer el mal y ha llegado el momento de que el mal sea derrotado en Campania.

-¡Qué palabras tan atrevidas!-dijo el mago-¡Pero no tienes ninguna posibilidad, muchacho! Una vez rompí esa espada con mi poder y la volveré a romper. Después te mataré a ti, a esa chica que se oculta detrás de ti y a todos aquellos que se hayan atrevido a venir hasta mi isla. Pero mira-dijo con una sonrisa maligna en su rostro-¿y si hacemos un trato?

-¿Un trato?-repitió Jedrek con la mirada perpleja.

-Verás, todo lo que quiero es el oro. Déjame tenerlo y puedo dejar que recuperes a tu hermana y a tu tierra. Eso es todo lo que deseo-dijo el mago.

Este miró a Jedrek directamente con unos ojos que parecían tener un poder hipnótico sobre él. El muchacho sintió que todo el escenario se nublaba cuando un encantamiento se apoderó de su persona.

-¿Eso es todo?-dijo Jedrek, sin darse cuenta de que el poder del encantamiento del mago estaba haciendo efecto sobre él-Bueno, quizá podamos hacer un trato y...¡Ay!

Su atención fue captada por un golpe que recibió por detrás. Amara había calado las intenciones del mago y pegó una fuerte patada a Jedrek en la parte posterior de su pierna.

-¡No dejes que te hable!-le gritó al oído-¡Sus palabras producen un encantamiento sobre ti! ¡Te está engañando!

Jedrek miró a la chica y después volvió a mirar al mago, cuyo rostro ahora estaba retorcido de la rabia. De repente se dio cuenta de que quizá aquella fue la forma en la que el mago había engañado y asesinado a su propio padre. Sintió que la ira hervía en su interior; una ira ante el mal que se alzaba frente a él.

-No hago tratos con magos malignos y sus falsos encantamientos-dijo Jedrek.

-Bueno, te habrás creído lo que te dijo tu hermosa doncella, ¿verdad, muchacho? Ella es una tonta como tú y te ha dado unos consejos estúpidos. ¡Ahora verás! ¡Os mataré a todos!

El mago se quitó su sombrero y lo arrojó al suelo dejando al descubierto su rostro espantoso, que se volvió aún más horrible según avanzaba hacia Jedrek. El rostro parecía cambiar de forma, de un hobgoblin a un walverat y después a un demonio, todos a la vez. Jedrek escuchó que Amara soltaba un pequeño grito detrás de él.

-¿No tienes miedo, muchacho?-gritó el mago mientras el humo verde se arremolinaba a su alrededor.

-No conozco el miedo-respondió el chico-Y menos de gente como tú.

-¿Tampoco temes a mi lanza que asesinó a tu padre y a tu madre y mantiene la tierra encantada?

-No, porque ha llegado la hora de que Neerwana destruya su poder.

El mago se rio-¡Esa espada! ¡Rompí esa espada hace mucho tiempo y lo volveré a hacer!-dijo.

-Bueno, entonces ven. Esta espera su venganza contra ti.

Mientras Jedrek hablaba, el mago lanzó un rayo de luz verde desde la punta de su lanza. Jedrek lo atrapó con su escudo y, quitándolo con la espada mágica, se lo devolvió al mago y explotó después con un destello. Jedrek miró, esperando haber acabado con el mago, pero este había logrado atrapar el rayo con su lanza.

-¿Así que también tienes un escudo mágico?-dijo el mago ¿Cómo pasó eso desapercibido a mis guardianes?

-Quizá un viejo profeta lo puso ahí-dijo Jedrek-Venga, ¡ven y prueba el poder resucitado de Neerwana, perro malvado!-gritó, avanzando hacia el mago.

-¡Atrás!-gritó el mago, y por primera vez, Jedrek detectó una expresión de miedo en sus ojos malignos-¡Tu espada no puede hacer nada contra el poder de mi lanza! ¡La destruí una vez y lo volveré a hacer!

-¡Bueno, veámoslo!-dijo Jedrek mientras saltaba hacia el mago y blandía la espada.

El mago levantó la lanza y la espada y esta se encontraron con un destello cegador que arrojó a Jedrek y al mago al suelo. Jedrek escuchó un grito horrible del mago y cuando se levantó y miró a su alrededor vio que este había desaparecido, aunque en el suelo estaban los trozos de la lanza que tenía en la mano. La espada Neerwana, sin embargo, estaba en la mano de Jedrek, todavía fuerte e intacta.

-Ya has cumplido tu venganza, amiga mía-murmuró Jedrek-Pero me pregunto a dónde fue ese mago.

En ese momento el muchacho sintió un brazo alrededor de su cintura-Bien hecho, Jedrek, chico maravilloso-dijo la voz de la chica a la que había llegado a amar-Cada vez que vas a luchar me pregunto si volveré a verte con vida. ¡Pero aquí estás!

-Sí-dijo Jedrek-¡Debo tener un fuerte instinto de supervivencia o algo así! ¡Y la suerte de contar con una amiga guapa que me dé una patada cuando más lo necesite! Con eso y con Neerwana, esta espada maravillosa. Parece que destruyó el poder del mago. ¿Pero dónde está el mago? Parece haberse esfumado.

-¡Mira!-dijo Amara-¿Qué está ocurriendo con el fuego que hay alrededor de tu hermana?

CAPÍTULO 29
A TRAVÉS DEL FUEGO

Los jóvenes miraron hacia la roca donde pensaban que yacía la hermana de Jedrek, mientras el fuego que la rodeaba ardía hacia arriba, elevándose más y más. Mientras que anteriormente este tenía la altura de un hombre, ahora estaba tres o cuatro veces más alto. Era como si se encendiesen chorros de gas; las llamas ahora salían disparadas.

-Es el mago-dijo Jedrek-Está intentando asustarme para que no llegue hasta mi hermana. Tengo que alcanzarla ahora mismo.

-¿Pero qué pasa con el fuego?-protestó Amara-Serás reducido a cenizas.

-El fuego no tocará a aquellos que no muestren miedo. ¡Mira!-dijo Jedrek.

-¡Ten cuidado!-suplicó ella.

-¿A dónde va?-preguntó una voz a su lado, que reconoció como la del capitán. Parecía que su pequeño grupo y él habían llegado justo a tiempo.

-Va a atravesar el fuego-dijo la muchacha.

-¡Está loco! ¡Se quemará!-el capitán se llevó las manos a la boca y gritó-¡Jedrek! ¡No seas tonto! ¡Vuelve y trataremos de ayudarte a apagar el fuego!

Jedrek escuchó la voz pero no prestó atención. En esos instantes solo tenía la intención de salvar a su hermana. Además, sabía que el fuego era mágico y que no podía ser apagado. La única forma de llegar hasta su hermana era caminando a través del fuego que estaba frente a él. Recordó las palabras del pájaro cantor:

La doncella dormida está rodeada de
  fuego
que solo un héroe intrépido puede
  superar.

Bueno-pensó el joven-Como no sé lo que es el miedo puedo cruzar ese fuego.

Jedrek escaló por la roca, acercándose más y más al fuego. Ahora sentía el intenso calor de las llamas pero, en vez de retirarse, levantó el escudo mágico y fue directamente hacia ellas. Observando desde lejos, Amara lanzó un grito de desesperación cuando vio a Jedrek desapareciendo entre las llamas.

Sin embargo, en ese momento, Jedrek se encontró encima de la roca con las llamas detrás de él. ¡De pronto se dio cuenta de que había atravesado ileso el fuego ardiente! Después miró hacia delante y vio a una muchacha tumbada sobre una roca.

-¡Hermana!-suspiró él. Pero junto a la chica se encontraba la silueta horrible del mago Maldivan, que parecía incluso más malo que antes. Jedrek desenvainó a Neerwana.

-¡Ahora detente ahí!-ordenó el mago. Jedrek pudo apreciar que Maldivan tenía un cuchillo en el cuello de su hermana-Un solo movimiento tuyo y le rajaré el cuello a tu hermana.

-Tú, villano, ¿qué quieres?-dijo Jedrek.

-Solo un minuto más-se burló el mago-Cuando esa sombra caiga sobre ella, se despertará y me mirará a los ojos, ¡y entonces será mía!

-¿Tuya? ¿Solo con mirarte a los ojos?

-Es la naturaleza del hechizo. Será poseída por aquel que la encuentre. Y ese seré yo, no tú. El oro de Campania será mío-Maldivan movió su cabeza hacia atrás y rio-Lo siento, pero el botín no es para los valientes sino para los astutos.

-Pero tú no eres lo bastante astuto-dijo Jedrek-Te olvidaste de algo.

-¿Qué?

-¡De esto!-dijo Jedrek, sacando otra vez a Neerwana y lanzando la espada con gran fuerza hacia el mago-¡Esto persigue al mal!

Maldivan observó con horror cómo la espada mágica vino volando hacia él con todas las fuerzas que pudo reunir ese muchacho duro. Fue como si esta buscase a su presa como un misil que cae sobre algo, solo que evidentemente, estos no se habían inventado en esa época. El mago maligno se quedó paralizado por el miedo y lanzó un grito terrible cuando la espada se clavó profundamente en su pecho.

Jedrek observó cómo ese ser malvado se retorcía de forma terrible sobre el suelo mientras un lodo verde pálido brotaba del interior del mago. Luego, cuando el cuerpo se quedó quieto, una horrible silueta negra, parecida a un fantasma, surgió del mago, flotó sobre su cadáver y después se marchó.

Regresa a las Tierras Oscuras, que es a donde pertenece. No debería sorprenderme-pensó Jedrek-¿Pero mi hermana aún sigue con vida?

El joven miró cómo caía la sombra sobre la chica dormida. Sin duda ella era muy hermosa, tenía el cabello rubio tal como la había visto en su sueño. Sus manos estaban cruzadas por delante. Jedrek la observó de cerca, ¿estaba respirando? Sí, aunque de forma muy débil, pensó él. Estaba muy pálida. Jedrek se arrodilló y miró a su hermana. ¿Se despertaría?

La sombra pasó junto a la chica. De repente, Jedrek contuvo el aliento cuando vio que los párpados de la muchacha se movieron. Su nariz se agitó y estornudó tres veces. Después abrió los ojos y levantó la mano para protegerlos de la luz.

-¿Dónde...dónde estoy?-tartamudeó.

Jedrek se inclinó sobre ella, mirando su precioso rostro y protegiéndole los ojos del sol.

-¡Estás despierta, querida hermana, y ahora estás a salvo conmigo!-dijo él.

-¿Pero quién...quién eres tú?

-Soy tu hermano Jedrek. Tú me llamaste en un sueño.

-¡Oh, Jedrek! ¡Hermano! ¡Me has encontrado!-gritó la chica, con lágrimas de felicidad cayendo por sus mejillas-Soñé que vendrías. ¡Oh, es maravilloso!-chilló mientras los dos se abrazaban fuertemente y lloraban de alegría sobre los hombros del otro.

-Pero, ¿quién es esa?-dijo la muchacha, mirando a través de sus lágrimas.

Jedrek levantó la vista y vio a Amara, que

se encontraba allí y estaba muy guapa. De pronto él se dio cuenta de que tenía lágrimas en las mejillas y se las secó con vergüenza. Pensó que no sería bueno que la princesa pirata le viese llorar. Pero ahora ella ya le había pillado y había descubierto que tenía un corazón muy blando.

-Amara...pero...¿cómo atravesaste el fuego?-preguntó con estupor.

-¿Fuego? ¿Qué fuego?-dijo la princesa pirata con una risa alegre-Se apagó hace unos minutos, así que solamente tuve que subir hasta aquí.

-Debió apagarse cuando Neerwana mató al mago.

-¿Quieres decir que acabaste con ese demonio?-gritó Amara-¿Cómo conseguiste atravesar el fuego? ¡Pensé que te habías quemado!

-Simplemente lo atravesé. El fuego mágico no puede hacer daño a quienes no conocen el miedo y confían en el Espíritu Eterno.

-Oh, eres muy valiente-dijo Amara, abrazándole-¿Y esta es tu hermana?

-Sí-dijo Jedrek, mirando cariñosamente a la chica que ahora estaba despierta y observaba lo que había a su alrededor-Dejadme que os presente. Princesa Amara, ella es la Princesa Philana.

-Encantada de conocerte, Princesa-dijo Philana-Discúlpame, ¡pero parece que he dormido demasiado tiempo!-se frotó los ojos y bostezó.

-¡Sí, pero es momento de despertar y exigir tu reino junto a tu hermano!-dijo Amara.

-¿Pero qué le ha ocurrido al mago?

-¡Está muerto!-dijo Jedrek, recuperando la espada desde el montón de cenizas verdes que una vez albergaron el espíritu maligno del mago-¡Fue asesinado por el poder de Neerwana!

-¡Viva Neerwana!-dijo una voz-¡Sin duda podría usar una espada así!

Jedrek levantó la vista y vio que se trataba del capitán. Aquel hizo una reverencia al muchacho y a la hermosa joven que ahora bajaban de la roca-Disculpen, majestades, ¡pero algunas personas se están despertando y podrían necesitar su atención!-dijo el capitán.

CAPÍTULO 30
EL GRAN DESPERTAR

Los jóvenes miraron hacia el extremo de la roca, donde se encontraban reunidas algunas personas que Jedrek reconoció como el pequeño grupo de piratas que habían venido con ellos. Pero detrás de estos había otras personas que caminaban hacia la roca.

-¿De dónde viene esa gente?-preguntó Amara-Son muchos.

-¿No lo ves?-dijo Jedrek emocionado-Ahora que Philana ha despertado, todo el pueblo está despertando.

-Pero en vez de despertar en la esclavitud de un mago maligno, serán gobernados por tu hermana y por ti-dijo Amara-¡Qué maravilla!

-Sin embargo, necesitaré que alguien esté a

mi lado para gobernar conmigo-dijo Jedrek-¿Y quién mejor que una princesa pirata?

-¿Yo?-dijo Amara, poniéndose muy roja-Pero tú, como príncipe, tienes que casarte con una princesa de verdad, no con una princesa pirata que fue encontrada en un muelle.

-Quizá yo pueda ayudaros-dijo una voz.

Miraron a su alrededor y vieron a un anciano sentado sobre la roca, alguien a quien Jedrek reconoció al instante.

-¡Naban! ¿Cómo rayos llegaste hasta aquí?-preguntó el muchacho.

-Para algunos de nosotros no se trata de llegar hasta aquí, sino de estar aquí-dijo el anciano con una sonrisa-¡Bien hecho, Príncipe Jedrek! Liberaste a tu tierra del mal que estuvo a punto de apoderarse de ella.

-Pero, dime, sabio Profeta, ¿por qué no pudiste hacerlo tú mismo?

-Existen leyes establecidas por el Espíritu Eterno que limitan nuestra intervención-dijo el profeta-Pero podemos ayudar a los valientes mortales que no conocen el miedo y a sus atrevidos compañeros jóvenes que se encuentran por el camino- añadió, girándose hacia Amara, que le miraba con los ojos abiertos por el estupor.

-Oh-dijo Jedrek-Dejadme que os presente.

Princesa Amara, Princesa Philana, él es el Profeta Naban, el guardián de Campania.

-Te he visto en mis sueños-dijo Philana, haciendo una reverencia ante el profeta-Gracias por enviar a mi hermano a salvarme.

-Es mi deber y es un placer, Princesa-comentó el anciano-Pero ahora os contaré algo sobre la Princesa Amara.

-Pero yo no soy una princesa de verdad-dijo Amara-Solo soy la princesa de un barco pirata.

-Bueno, quizá os pueda ayudar aquí-dijo Naban, frotándose la barba de forma inteligente.

-¿Ayudar?-dijeron los tres jóvenes casi al unísono.

-Bueno, la joven que conocéis como Princesa Amara en realidad es una princesa.

-¿Qué?-gritaron todos juntos.

-Es descendiente del linaje real de la tierra de Tryvokia. Unos invasores rompieron el linaje y su madre se vio obligada a pedir asilo en una tierra que no conocía. Ella sabía que se estaba muriendo, pero antes de que eso sucediese, puso a su bebé en una cesta con una nota y la dejó al cuidado de una sirvienta que estaba con ella, pidiéndole que encontrase a alguien que cuidase del bebé. Poco tiempo después de aquello, ella murió y la sirvienta dejó al bebé detrás de los barriles del muelle con la esperanza de que alguien la encontrase.

-Y Ruby me encontró-dijo Amara con los ojos llenos de lágrimas-¿Pero cómo sabes todo esto?

-Bueno, yo lo vi todo-dijo el anciano.

-¿Quieres decir que lo arreglaste? ¿Pero por qué me enviaste con un grupo de piratas?-preguntó Amara.

-La rueda del destino actúa de forma extraña, hija mía-dijo el profeta-Pero, ¡en ocasiones obtienes una honestidad más anticuada entre los piratas que entre muchas otras personas!-añadió, con brillo en los ojos mientras miraba al capitán.

-Gracias señor-dijo el capitán, inclinando la cabeza. Este miró a Amara-¡Y pensar que durante todo este tiempo tuvimos a una verdadera princesa a bordo! ¡Piénsalo!

-¡Podrías haber pedido un rescate por mí, Capitán!-rio Amara.

-Nunca lo hubiéramos hecho-dijo el capitán moviendo la cabeza-Eras demasiado valiosa para todos nosotros.

-Bueno, Capitán-dijo Jedrek-parece que has hecho un gran servicio al Príncipe de Campania al entregarle a la mujer que ama. Nombraré a tu tripulación y a ti para que se encarguen de la Armada. Ese será mi segundo real decreto.

-Es un honor, señor-dijo el capitán con una reverencia-pero, ¿cuál es tu primer decreto?

-Mi primer decreto-dijo Jedrek, arrodillándose ante la chica de cabello oscuro a la que había llegado a amar-es que la Princesa Amara sea proclamada como mi esposa lo más pronto posible. Eso siempre que, ¿ella me acepte?-dijo mirando los ojos verdes que brillaban ante él.

-¡Claro que sí!-exclamó Amara con los ojos centelleando llenos de lágrimas mientras tomaba su mano y le ayudaba a levantarse-¡Oh, Jedrek! ¡Qué feliz me hace pensar que me quedaré junto a tu hermana y a ti!-dijo mientras se abrazaban.

-Y su hermana estará encantada de que te quedes-dijo Philana abrazando a su futura cuñada-Pero, ¿dónde está el anciano?-añadió.

-Viene y va-dijo Jedrek con una sonrisa-Está en algún lugar y aparecerá cuando le necesitemos.

-Con todo respeto, creo que sus majestades deberían dirigirse al pueblo-dijo el capitán-Han sufrido una espera terrible y no deberían seguir esperando.

-Muy bien, Capitán. ¡Vamos todos!-dijo Jedrek.

Estos se dirigieron al extremo de la roca, donde el fuego estuvo ardiendo hasta hace poco. En vez de llamas, ahora había multitud de personas que vitoreaban, felices de haber despertado de la pesadilla que les impuso el mago maligno. Entre la multitud se encontraba la tripulación del barco, que se había dirigido hacia el interior y se mezclaba con la gente de la tierra. Estos miraron al príncipe y a la princesa y se unieron a los vítores. Entre todo el tumulto, Jedrek escuchó un sonido parecido a un canto. Eran como voces de mujeres cantando las armonías más hermosas.

-¿Qué es eso?-preguntó Amara.

-Deben ser las Maidhi-dijo Jedrek-Son las guardianas del oro de la tierra. ¡Deben haberse despertado!-este se giró hacia el capitán-Bueno, Capitán, ¿de verdad crees que no existe un oro tan encantado que un pirata no pueda hacerse con él?-sonrió.

-Bueno, señor-respondió el capitán con otra sonrisa-ahora vamos a encargarnos de tu empleo real, así que robar tu oro no me parece una buena idea. Además, todavía tenemos el oro que les robamos a los Volkers-añadió con un guiño pícaro.

-De acuerdo, pero también podrás tener parte del oro encantado mientras este bendice la tierra, ahora que las Maidhi están despiertas-dijo Jedrek-Este está aquí para bendecir a todos-miró a dos hermosas jóvenes que estaban a cada uno de sus lados-¡Piensa en los buenos tiempos que tenemos por delante!

CAPÍTULO 31
UN DÍA GLORIOSO

Los tiempos venideros fueron realmente maravillosos ahora que el mago Maldivan había sido derrotado y la gente fue liberada de su perverso hechizo.

Sin embargo, todavía quedaba mucho por hacer, ya que la tierra estaba descuidada debido a que todo el mundo había estado durmiendo durante muchos años y nadie había trabajado en los campos. Pero todos parecían tener mucha energía después de su largo sueño y se pusieron a trabajar para convertir la tierra en el lugar que una vez fue, antes de caer bajo el dominio de las Tierras Oscuras.

Después llegó el día glorioso, aquel en el que Jedrek y Philana fueron coronados Rey y Reina de Campania. Pero antes de eso, Jedrek había insistido en que se celebrase otra ceremonia, en la que tomó a Amara, la princesa pirata a la que había salvado de los aduaneros en la posada, como su esposa. El capitán fue el padrino de la boda y del servicio se encargaron Rhydon y Clarissa. El herrero y su esposa miraban con lágrimas en los ojos al muchacho que habían adoptado hace ya muchos años y a la hermosa joven con la que este estaba a punto de casarse.

-Te dije que era alguien especial-dijo Rhydon, mientras su esposa llenaba un pañuelo tras otro con lágrimas de alegría.

-Piénsalo-sollozó ella, aunque su rostro estaba envuelto por una sonrisa-¡Nuestro hijo es rey!

La ceremonia se volvió más especial cuando el viejo profeta se apareció de repente frente a la pareja y les ató las manos con una borla dorada que brillaba cuando este les dio su bendición.

-Esto mantendrá a salvo para siempre el amor verdadero y valiente-dijo-Que vuestros hijos sean fuertes, sanos y estén siempre bendecidos por el Espíritu Eterno. Ahora, Jedrek-dijo con una sonrisa-¡puedes besar a la novia!

Tras esto se produjo un destello de luz y una lluvia de algo que parecía polvo de oro cayó sobre la joven pareja mientras estos se besaban y abrazaban. No había ni rastro de la borla dorada, pero Jedrek y Amara sabían que habían sido bendecidos de alguna forma desde ese momento.

El Profeta Naban se quedó para la coronación de Jedrek y Philana, flotando de alguna manera en el ambiente, por lo que nadie sabía exactamente dónde estaba. Pero después de ser coronados y de que todos gritasen "¡Viva el Rey! ¡Viva la Reina!", el viejo profeta se presentó y se quedó frente a ellos. La multitud permaneció en silencio cuando este extraño anciano se aclaró la garganta y comenzó a hablar:

-Ciudadanos de Campania, con gran alegría damos la bienvenida a nuestro nuevo rey y reina. Ahora la tierra ha sido liberada de la maldición que le trajo el perverso Maldivan. Ha sido posible gracias al valor del Rey Jedrek y a la fiel espada Neerwana, que él mismo forjó. Pero ahora que se ha logrado la paz de forma tan valiente, la espada y el escudo volverán al árbol del que proceden-dijo.

Tras esto, este agitó las manos y, con un destello de luz, la espada y el escudo se incrustaron en el viejo árbol sobre la multitud allí presente.

-Si alguna vez esta tierra está en peligro, la espada y el escudo podrán ser sacados por un rey digno para salvarla-dijo el viejo profeta. Después levantó la mano-¡Yo os bendigo a todos!-y des-

apareció en una nube que extendió todos los colores del arco iris por toda la reunión. Los allí
presentes dieron un grito de asombro y se pudo
escuchar a las Maidhi cantando su extraña pero
preciosa canción sobre el oro que bendeciría la
tierra con prosperidad una vez más.

-Lástima por la espada-dijo Jedrek a Amara
con una sonrisa triste mientras caminaban entre
la multitud que los aclamaba-Estaba deseando
jugar con esa espada en vez de tener que luchar
por mi vida junto a ella. Apuesto a que puede
hacer un sinfín de trucos.

-Bueno, ahora eres rey-dijo Amara-así que se
han acabado tus juegos de niño. ¡Recuérdalo!

-Son mejores que ser perseguido por los
aduaneros-dijo Jedrek.

-¡Bah!-Amara hizo una mueca-¡Crece de
una vez!

-No seas descarada con el rey-dijo su nuevo
marido, sonrojándose un poco.

-¿Ya estáis discutiendo?-dijo una voz detrás
de ellos. Era la vieja Ruby con los niños, que evidentemente habían escuchado la conversación y
sonreían. Esta se cruzó de brazos y les miró con
una sonrisa de satisfacción en su viejo rostro
arrugado-¡Sabía que vosotros dos estabais hechos
el uno para el otro!-exclamó.

Querido lector:

Esperamos que haya disfrutado leyendo *Jedrek y la Princesa Pirata*. Por favor, tómese un momento para dejar su reseña, aunque sea breve. Su opinión es importante para nosotros.

Encuentre más libros de David Littlewood en
https://www.nextchapter.pub/authors/free-lance-writer-traveller-david-littlewood

¿Desea saber si alguno de nuestros libros es gratuito o con descuento? Únase a nuestro boletín informativo en
http://eepurl.com/bqqB3H

Atentamente,

David Littlewood y el equipo de Next Chapter

SOBRE EL AUTOR

David Littlewood es un autor y escritor independiente. Ha aportado muchos artículos en diversas revistas a lo largo de los años y es autor de varios libros, incluidas novelas infantiles y juveniles. Entre sus títulos anteriores encontramos *Ghastly Gob Gissimer*, *Ava and the Goblin Prince* y *The Princess and the Shepherd Boy*.

Lightning Source UK Ltd.
Milton Keynes UK
UKHW041844190321
380669UK00001B/82

9 781034 583653